Prémonitions

Du même auteur
chez le même éditeur

Déjà parus :

Prémonitions, tome 1 : *Étranges pouvoirs*
Night World, tome 1 : *Le secret du vampire*
Night World, tome 2 : *Les sœurs des ténèbres*
Night World, tome 3 : *Ensorceleuse*

À paraître :

Prémonitions, tome 3 : *Passion*
Night World, tome 4 : *Ange noir*
Night World, tome 5 : *L'élue*
Night World, tome 6 : *Âmes sœurs*
Night World, tome 7 : *La chasseresse*
Night World, tome 8 : *Le Royaume des Ténèbres*
Night World, tome 9 : *La Flamme de la sorcière*
Night World, tome 10 : *Étrange destin*

L. J. Smith

Prémonitions

Tome 2 : Possédés

Traduit de l'anglais (États-Unis)
par Isabelle Saint-Martin

Michel LAFON POCHE

Titre original :

The Dark Visions Trilogy
The Possessed © 1995, Lisa J. Smith

7-13, boulevard Paul-Émile-Victor – Île de la Jatte
92521 Neuilly-sur-Seine Cedex

www.lire-en-serie.com

À Rosemary Schmitt,
avec mes remerciements pour ses vœux et son soutien.

1

— Vite ! lança Kaitlyn essoufflée en haut de l'escalier.

Et elle le répéta mentalement pour appuyer son propos :

— *Vite !*

De quatre directions différentes, elle perçut quatre réponses aussi tranchantes que son appel, non par son ouïe, mais avec l'impression de voir de la musique ou d'entendre des couleurs.

Étrange, la télépathie.

Néanmoins rassurante. En ce moment, Kait appréciait la présence de Rob dans son esprit, scintillante comme un globe doré qui la réchauffait, la stabilisait. Elle le devinait dans la pièce voisine, qui s'affairait en hâte mais sans affolement, vidant les tiroirs pour entasser jeans et chaussettes dans un sac de toile.

Ils quittaient l'Institut.

Pas exactement comme ils le croyaient à leur arrivée, après un an de recherches parapsychiques. Kaitlyn s'était alors imaginée partir au printemps, faisant ses adieux au son d'un orchestre, armée d'une bourse d'études universitaires et sous le regard d'un père éclatant de fierté. Or, la voilà qui rassemblait ses affaires en douce au beau milieu de la nuit afin de filer avant que M. Zetes ne les rattrape.

M. Zetes, le directeur de l'Institut, avait voulu faire d'eux des armes psychiques et les vendre au plus offrant. Il ne devait plus, désormais, que souhaiter les supprimer puisqu'ils avaient découvert et mis fin à ses projets machiavéliques. Ils l'avaient vaincu malgré toute sa puissance, l'abandonnant, anéanti, dans les sous-sols secrets de sa demeure de San Francisco.

À son réveil, il serait fou de rage, probablement capable de tuer.

— Qu'est-ce que tu emportes ? demanda Anna.

Son timbre, d'habitude si calme, prenait des intonations de stress.

— Je ne sais pas. Des habits… surtout les plus chauds, non ? On ne sait pas où on dormira la nuit.

Kaitlyn répéta mentalement cette dernière phrase afin d'en faire profiter Rob, Lewis et Gabriel :

— *Prenez tous des vêtements chauds !*

Une voix mentale lui répondit, coupante comme une lame, froide comme une nuit d'hiver :

— *Et de l'argent. Prenez tout l'argent qui vous tombera sous la main.*

— Toujours pratique, Gabriel, murmura-t-elle en fourrant jeans, pulls et sous-vêtements dans son sac.

Elle glissa dans sa poche ses papiers et son billet de 100 dollars porte-bonheur, qu'elle avait caché dans une boîte à bijoux sur la commode.

— Quoi d'autre ? lança-t-elle à haute voix.

Elle emporta des choses qu'elle savait inutiles : une casquette de velours brodée de fil doré, un collier qui lui venait de sa mère, le polar qu'elle avait commencé. Enfin, elle prit son plus petit carnet de croquis et le Tupperware dans lequel elle rangeait ses pastels et ses crayons. Elle ne pouvait pas vivre sans eux… autant se promener toute nue.

D'ailleurs, dessiner n'était pas pour elle une simple distraction puisque ses œuvres servaient à prévoir l'avenir.

Vite, vite ! songea-t-elle.

Anna hésitait, l'œil fixé sur le masque de bois sculpté qu'elle avait accroché au mur. Le Corbeau, totem de sa famille. Mais il était beaucoup trop encombrant pour les suivre dans leur fuite.

— Anna…

— Je sais.

Elle le caressa de ses doigts gracieux puis se détourna, souriante, son regard noir serein sur ses pommettes saillantes.

— On y va.

— Attends ! s'exclama Kaitlyn. Du savon !

En allant en chercher dans la salle de bains, elle se vit dans la glace, aussi flamboyante qu'Anna était sereine, avec ses longs cheveux roux bouclés, ses joues roses et ses yeux bleus cerclés de marine qui prenaient parfois des teintes gris fumée. Une vraie sorcière.

— Bon, dit Rob lorsqu'ils se rassemblèrent dans le couloir. Tout le monde est prêt ?

Tout le monde, les quatre nouveaux amis de Kaitlyn, dont elle était devenue infiniment plus proche qu'elle n'aurait pu l'imaginer.

Rob Kessler, chaleureux et vivant, aux cheveux et aux yeux dorés. Gabriel Wolfe, arrogant et beau comme un dessin au fusain. Anna Eva Whiteraven, à l'expression si douce en toutes circonstances. Lewis Chao avec ses yeux en amande qui brillaient d'anxiété, en train de poser une casquette sur ses fins cheveux noirs.

À la suite d'une mauvaise utilisation des pouvoirs de Gabriel, ils s'étaient connectés à jamais, unis dans une sorte de toile télépathique. Aucun d'entre eux ne serait plus seul… à moins de trouver un moyen de briser le lien.

— Il faut que je récupère quelque chose en bas, annonça Gabriel.

— Et moi, dans le bureau secret, dit Rob. Lewis, si tu peux me donner un coup de main… Allez, on y va. C'est bon, Kait ?

— Juste un peu essoufflée.

Elle sentait son cœur battre trop fort et ses membres tremblaient assez pour lui donner envie de tout arrêter.

Avec sa courtoisie sans faille propre aux habitants de Caroline du Nord, Rob lui prit son sac. Un court instant, leurs mains se frôlèrent et il lui pressa les doigts.

— *Ça va bien se passer*, lui assura-t-il en hâte.

Les autres étaient priés de ne pas capter.

La sensation qui envahit alors Kaitlyn fut presque douloureuse. *Pas maintenant !* songea-t-elle en écartant les étincelles qui l'envahissaient chaque fois qu'il l'effleurait.

— Hé, le guérisseur… fais attention à toi, lui conseilla-t-elle lorsqu'il se mit à descendre les marches.

Lewis jeta un regard navré derrière lui :

— Mon ordinateur, renifla-t-il. Ma chaîne stéréo, ma télé…

— Tu n'as qu'à aller les chercher, lui conseilla méchamment Gabriel. Dans le genre qui ne sert à rien…

— On s'active ! lança Rob déjà en bas. Lewis, tu te dépêches ?

Kait les suivit.

— Qu'est-ce que vous faites ?

— On récupère les dossiers, expliqua Rob d'un ton déterminé. Vas-y, Lewis, ouvre ce panneau.

Évidemment, songea-t-elle. Les dossiers de M. Zetes, ceux que Joyce gardait dans son bureau secret sous l'escalier, contenant toutes sortes d'informations, parfois secrètes, la plupart compromettantes.

— Mais qu'est-ce que tu veux qu'on en fasse ? À qui on pourrait bien les montrer ?

— Je n'en sais rien. Sauf qu'il nous les faut. Ils prouvent ce qu'il a voulu faire.

Lewis laissait courir ses doigts sur les lambris du mur ; Kaitlyn le sentait en train de chercher mentalement le ressort qui libérerait l'ouverture.

— Ce n'est pas facile, maugréa-t-il.

À cet instant, il y eut un déclic et le panneau s'ouvrit.

— L'esprit vainqueur de la matière, conclut Rob en souriant.

— *Vite !* lui rappela Kaitlyn.

Elle n'avait aucune envie de le voir descendre dans la lueur rougeâtre qui éclairait l'escalier secret. Elle prit son sac pour aller le déposer dans le premier laboratoire, où Anna ouvrait une cage.

— Venez, disait celle-ci. Venez, petites souris…

— Tu les libères ?

— Oui. Je leur dis de se trouver un champ. Je ne sais pas ce que Monsieur Z. leur réserve et je n'ai plus confiance en Joyce.

Joyce Piper était la parapsychologue chargée de diriger l'Institut, celle qui avait recruté Kaitlyn ; et cette dernière ne pouvait songer à elle sans voir le mot « traîtresse » écrit sur son front.

— D'accord, mais fais vite. On n'a pas de temps à perdre.

Là-dessus, elle fila dans l'entrée où Lewis jouait nerveusement avec sa casquette de base-ball. Dans la chambre à coucher voisine, Gabriel fouillait le sac de Joyce. Outrée, Kait eut du mal à réprimer une exclamation de colère.

— On a besoin d'argent, expliqua cyniquement Gabriel.

Mais tu ne peux pas…

— Ah non ?

Ses yeux gris avaient quasiment viré au noir.

— Ce… balbutia-t-elle, ce n'est pas… Enfin, c'est mal, quoi…

Gabriel ne partageait pas son opinion :

— Joyce est notre ennemie. À cause d'elle on est obligés de se barrer en pleine nuit. On a besoin d'argent et tu le sais très bien.

Mieux valait ne pas insister. Kaitlyn se contenta de négocier un compromis :

— D'accord, mais laisse les cartes de crédit. Ce serait le meilleur moyen de se faire repérer. Et ne dis rien à Rob, ça le rendrait fou. Allez, vite !

Ce seul mot lui battait les tempes depuis un moment : vite, vite, vite. Plus vite que les palpitations de son cœur. Elle avait la sensation, non, la certitude que chaque seconde supplémentaire passée ici était une seconde de trop.

Prémonition ? Les siennes ne prenaient pourtant pas cette forme. Ce n'était qu'à travers des dessins qu'elles s'exprimaient.

Vite. Vite. Vite.

Fais-toi confiance, songea-t-elle soudain. *Suis ton instinct*.

— Gabriel ! lança-t-elle. Il faut partir maintenant.

Elle ajouta une alerte mentale à l'adresse des autres :

— *Lewis, Rob, Anna... il faut partir ! Là, tout de suite ! Il va se produire quelque chose... je ne sais pas quoi, mais on doit se tirer...*

— Du calme !

Elle sentit la main de Gabriel se poser sur son bras et comprit seulement à quel point elle était agitée.

— Je vais bien, mais je te jure qu'il faut y aller...

— OK, si tu le sens comme ça… on y va.

Rob venait d'émerger du panneau secret, les bras chargés de dossiers, et Anna, du laboratoire.

— Qu'est-ce qui se passe ? demanda-t-il. Quelqu'un arrive ?

— Je ne sais pas. Je sais juste qu'on doit se dépêcher…

— On va prendre la voiture de Joyce, dit Gabriel.

Après une courte hésitation, Rob acquiesça :

— Venez ! Par la porte de derrière.

Il fit passer tout le monde devant lui, sauf Kaitlyn.

— On va juste l'utiliser pour quitter la région, lui expliqua-t-il.

C'est alors qu'un flot d'adrénaline envahit Kaitlyn, lui laissant un goût métallique dans la bouche.

Derrière eux, la porte d'entrée s'ouvrit violemment.

2

Kaitlyn tourna la tête.

M. Zetes.

La lumière du perron brillait derrière sa silhouette sombre et éclairait son visage. En arrivant à l'Institut, une semaine auparavant, Kait l'avait trouvé plutôt beau, d'allure aristocratique, très gentleman… comme le grand-père du petit lord Fauntleroy. Maintenant qu'elle connaissait sa véritable nature, sa tête léonine à la crinière blanche lui apparaissait comme une incarnation du mal. Ses yeux perçants semblaient brûler comme…

Comme ceux d'un démon, songea-t-elle. *Sauf que ce n'est pas un démon, juste un génie malade, et qu'on doit se barrer d'ici…*

Mais tous demeuraient paralysés. Même Gabriel en face d'elle, le plus proche de M. Zetes. Quelque chose dans cet homme néfaste les avait arrêtés net, leur ôtant toute volonté.

Une peur abjecte.

— *Ne le regardez pas*, conseilla la voix mentale de Rob.

Mais elle paraissait lointaine, à peine perceptible. Et la terreur qui circulait sur la toile s'avérait beaucoup plus puissante.

— Venez ici, dit le vieil homme d'une voix forte.

Lui-même s'avança et Kaitlyn l'aperçut plus clairement à la lumière du salon. Il y avait du sang dans son épaisse chevelure blanche et sur son col empesé, résultat de l'attaque mentale de Gabriel, lequel était maintenant épuisé…

Comme s'il était aussi rattaché à la toile, comme s'il avait entendu ses pensées, M. Zetes observa :

— Vous êtes tous fatigués. Je ne crois pas que vous puissiez encore utiliser vos pouvoirs cette nuit. Alors, si on s'asseyait pour bavarder un peu ?

Jusque-là trop effrayée pour émettre un son, Kaitlyn réagit soudain à cette proposition faite d'une voix mielleuse :

— On n'a rien à se dire !

— Ah oui ? Et votre avenir ? Votre vie ? Je me rends compte que je me suis montré trop brutal dans la soirée… mais j'ai été choqué en découvrant que vous étiez unis par un lien télépathique permanent. Je reste persuadé que nous pouvons travailler ensemble. Nous allons trouver un autre moyen de briser ce lien…

— Vous voulez dire, en évitant de tuer l'un de nous ? railla-t-elle.

— *Ne discute pas avec lui*, conseilla la voix mentale de Gabriel par-dessus l'effroi qui brouillait la toile. *Partez, tous les quatre… passez par la porte de derrière. Je le retiens ici.*

— Non ! s'écria Kaitlyn presque malgré elle.

Malgré le danger, elle ressentait une puissante émotion. Gabriel, qui avait toujours prétendu se moquer de tout et de tous, risquait maintenant sa vie pour les protéger…

Voilà qu'il s'avançait pour se placer directement entre eux et M. Zetes. Dès qu'elle ne vit plus ce dernier, elle ne se sentit plus paralysée.

— *Mais on ne peut pas t'abandonner là*, lui dit-elle. *Tu as déjà failli mourir ce soir…*

Gabriel ne se laissa pas déconcentrer. Il se tenait droit, tel un loup surveillant sa proie.

— *Kessler, emmène-les. Je m'occupe du vieux.*

— *Non !* rétorqua Rob. *Non ! On ne laisse personne derrière nous. Tu vois bien qu'il veut nous retenir ici… et on n'a même pas encore vu Joyce.*

À l'instant où il dit cela, Kaitlyn comprit qu'il avait raison. C'était un piège.

— Viens ! cria-t-elle aussi bien à haute voix que mentalement.

C'est alors qu'une autre silhouette apparut devant la porte de la cuisine, juste à côté d'elle, et qu'une main la saisit.

— Lâchez-moi !

Kait se débattit en criant. D'autres appels lui parvinrent aux oreilles mais elle ne vit que la face grimaçante devant elle.

Les fins cheveux blonds de Joyce Piper restaient collés sur sa tête par la sueur et le sang, et des filets rouges maculaient ses joues. Ses prunelles aigue-marine scintillaient de haine, ses lèvres étaient serrées.

— J'hallucine, elle veut me tuer, là ! Moi qui l'aimais bien… mais elle est aussi dingue que M. *Zetes…*

Des mains l'arrachèrent à l'emprise de Joyce, l'entraînant vers l'arrière de la maison. La voix de Rob retentit dans ses oreilles.

— Va-t'en, Kaitlyn ! Vite ! Tout le monde s'en va !

D'un rapide coup d'œil par-dessus son épaule, elle aperçut Rob et Gabriel en train de retenir Joyce tandis que M. Zetes venait vers eux, les yeux pleins de rage. Elle courait avec Anna et Lewis, et ne se rendit compte que devant la porte qu'elle n'avait pas lâché son sac de toile, car elle dut le poser pour tourner les verrous.

Elle ouvrit la porte en grand… pour se retrouver nez à nez avec le chauffeur de M. Zetes, imposant comme une montagne.

— *Rentrez-lui dedans !*

Elle ne sut trop d'où venait l'ordre mais tous trois y répondirent tel un seul esprit commandant trois corps. Lewis fonça tête baissée droit dans l'estomac de l'homme, Kaitlyn lui balança son sac de voyage en pleine tête et Anna y ajouta un coup de pied dans le menton. Comme il tombait à la renverse, ils sautèrent l'obstacle et filèrent droit sur la décapotable verte garée dans l'allée.

C'était la voiture de Joyce, qu'ils avaient déjà empruntée chez M. Zetes pour rentrer à l'Institut. Les clefs se trouvaient encore sur le contact.

— Montez à l'arrière, ordonna Kaitlyn à Lewis et Anna en y jetant son sac à dos.

— *Rob ! Gabriel ! Venez maintenant, on vous attend !*

Elle mit le moteur en marche, passa la première vitesse et tourna le volant. Elle ne conduisait pas très bien, par manque d'entraînement, mais elle réussit à faire demi-tour en projetant du gravier avec les roues.

— Tes phares ! cria Lewis.

Cherchant à tâtons, elle trouva le bouton juste à temps pour éclairer le chauffeur qui venait de se planter devant eux.

Elle fonçait droit sur lui.

Elle s'entendit crier, mais tout se passa comme au ralenti, l'homme qui ouvrait la bouche alors que le capot venait sur lui et qui plongeait à la dernière seconde, roulant sur le côté au moment même où Rob et Gabriel sortaient en trombe par la porte de derrière.

— *Montez !*

Kait freina dans une embardée tandis que les deux garçons grimpaient par-dessus Lewis et Anna. Kaitlyn n'attendit pas qu'ils se démêlent et s'installent pour accélérer violemment.

Fonce ! songeait-elle… à moins que ça ne vienne de quelqu'un d'autre, elle n'aurait su le dire. *Fonce, fonce, fonce !*

Les pneus abordèrent la rue en couinant, tournèrent et filèrent loin de la maison mauve qui abritait l'institut de recherche psychique Zetes.

Cela faisait du bien de pouvoir filer ainsi. Elle ignora les stops, prit les carrefours sur les chapeaux de roue. Elle ne savait pas où elle allait, cherchant avant tout à s'éloigner le plus possible.

— Kait.

C'était la voix de Rob. Il venait de s'asseoir devant, à côté d'elle, serrant une masse de dossiers sur sa poitrine. Il lui posa une main sur le bras.

— *Kait.*

Elle respirait avec difficulté, tremblait de tous ses membres. Ils prirent le Camino Real, l'avenue principale de San Carlos. Elle grilla un feu.

— *Kait. Calme-toi ! On s'en est sortis. C'est bon.*

Il pressa les doigts sur son bras en répétant :

— C'est bon.

Cette fois, elle respira plus lentement, desserra le volant.

— Ça va, tout le monde ?

— Oui, dit Rob. Gabriel les a encore neutralisés. On les a laissés inconscients dans le labo.

Il se retourna vers l'arrière :

— Bien joué, mon pote !

— Ravi de t'avoir fait plaisir, lâcha Gabriel d'un ton glacial.

Sur la toile, Kaitlyn sentait combien il était épuisé. Elle perçut également l'inquiétude de Rob qui ajouta :

— Tu es lessivé. Tu veux que je…

— *Non !*

Kaitlyn en eut un haut-le-cœur. Une heure auparavant, à peine, il avait pourtant accepté l'aide de Rob… leur aide à tous. Il l'avait laissé canaliser leurs énergies pour lui rendre vie. Ainsi, Gabriel avait prouvé qu'il commençait à leur faire confiance, lui qui ne s'était jamais fié à personne. Ils avaient réussi à lui faire baisser sa garde. Et maintenant…

Il faisait un pas en arrière, les rabrouait, comme s'il ne faisait plus partie du groupe. Et personne n'y pouvait rien.

Cependant, Kaitlyn essaya d'intervenir. Parfois, Gabriel semblait… la respecter un peu plus que les autres, ou du moins l'écouter davantage.

— Il faut que tu récupères tes forces, commença-t-elle doucement en essayant de capter son regard dans le rétroviseur.

Il l'interrompit d'un cinglant :

— *Lâche-moi !*

Elle ne vit plus que sa carapace hérissée de pointes. Gabriel essayant de cacher sa vulnérabilité. Elle savait ce qu'il refusait d'exprimer : il ne voulait plus être redevable de quoi que ce soit à Rob.

La voix tranquille d'Anna la tira de ses pensées :

— Où va-t-on ?

— Sais pas. Vous avez un chemin à m'indiquer ?

Elle perçut comme un sentiment de consternation générale. Aucun d'entre eux, à part peut-être Lewis, ne connaissait la région de San Francisco.

— Bon, on n'entre pas dans la ville, je suppose ? lança celui-ci. Mes parents vivent à Pacific Heights...

— Ce sera le premier endroit où M. Zetes ira nous chercher, dit Rob. Non, on était tous d'accord pour ne pas aller chez nos parents. On ne ferait que leur attirer des ennuis.

— À vrai dire, commença Gabriel, on ne sait pas du tout où aller...

— Ça ne fait rien, coupa Kaitlyn. L'important pour le moment, ce n'est pas là où on veut aller mais par où on va passer. Il est 2 heures du matin, il fait nuit et froid et M. Zetes va se lancer à notre poursuite...

— C'est sûr, reprit Gabriel. Et il va aussi prévenir la police dès qu'il se réveillera. Il ne faut pas oublier qu'on roule dans une voiture volée.

— Dans ce cas, il vaut mieux quitter San Carlos au plus vite, dit Lewis. Prends l'autoroute 101, Kait, direction plein nord.

Serrant les dents, elle s'engagea sur l'autoroute à cinq voies, à peu près déserte à cette heure-ci.

— Maintenant, continua Lewis à haute voix, tu vas t'engager sur le pont San Mateo, puis tu prendras la 880 direction Oakland.

Si le pont commençait comme une large avenue, il s'achevait en un petit ruban de ciment qui semblait à peine traverser les eaux noires de la baie. Ils se retrouvèrent bientôt sur une autre autoroute.

— Bravo ! s'exclama Rob pour le plus grand réconfort de la conductrice. Maintenant, ralentis, inutile d'attirer l'attention.

Elle s'efforça donc de ne pas dépasser les cent kilomètres-heure, mais, deux minutes plus tard, elle entendit Lewis pousser une exclamation.

— Qu'est-ce qu'il y a ? demanda-t-elle.

— Une voiture de police derrière nous, dit Anna.

— Pas de panique, intima Rob d'une voix calme. Ils ne vont pas t'arrêter pour avoir un peu dépassé la vitesse limite, et Monsieur Z. n'est certainement pas encore réveillé…

Les gyrophares bleu et rouge s'allumèrent et Kaitlyn sentit son cœur se serrer.

— Ça y est ? marmonna Lewis. On peut paniquer, maintenant ? Je croyais que Monsieur Z. ne devait pas…

— On a juste oublié une chose, précisa soudain Anna. Il a eu tout le temps de prévenir la police quand il était encore chez lui, avant de venir à l'Institut.

Kait faillit céder à l'impulsion de prendre la fuite. Cela lui était déjà arrivé une ou deux fois dans l'Ohio, surtout quand les policiers voulaient lui demander son avis sur certaines affaires en cours qu'ils n'arrivaient pas à résoudre. Mais, à l'époque, elle était à pied, et certainement pas considérée comme une criminelle.

Alors que maintenant elle se trouvait au volant d'une voiture volée et venait de participer à l'attaque de trois personnes.

— *En plus, je suis avec vous*, ajouta la voix de Gabriel dans son esprit, *en infraction de ma conditionnelle. Normalement, je ne devais pas quitter l'Institut, sauf pour aller au bahut.*

— Et merde ! lança Kaitlyn tout fort.

Elle empoigna le volant de ses paumes moites. Fuir au plus vite… s'échapper…

— Arrête ! dit Rob. On n'a aucune chance s'ils se lancent à notre poursuite…

— Alors qu'est-ce qu'on fait ? demanda Anna.

— Gare-toi, Kait. On va négocier. Je vais leur montrer ces dossiers. Et s'ils nous emmènent au poste, je les montrerai à tout le monde.

Kaitlyn perçut l'incrédulité de Gabriel.

— Tu rigoles ou tu es vraiment naïf ? Tu crois qu'on va croire cinq jeunes…

Soudain, il s'interrompit avant de reprendre d'une voix métamorphosée :

— C'est bon, Kait, gare-toi.

À l'évidence, il s'était à nouveau réfugié dans sa carapace. Mais elle avait plus urgent à penser pour le moment. Elle prit la bretelle suivante, aussitôt suivie des lumières bleue et rouge. Elle dut parcourir une certaine distance avant de trouver un espace où stationner. Le véhicule de police glissa derrière elle tel un requin avant de s'arrrêter.

Kaitlyn avait le souffle coupé :

— Bon, les gars…

— Laisse-moi parler, dit Rob.

Ce dont elle lui fut très reconnaissante. Dans le rétroviseur, elle vit une silhouette sortir du véhicule, en uniforme.

L'agent se pencha légèrement au-dessus de sa portière ; il portait une moustache noire et avait un large menton.

— Permis de conduire !

Là-dessus, Rob se pencha en avant.

— Excusez-moi.

Alors elle sentit une poussée violente comme un tsunami. Cela provenait de l'arrière, de Gabriel. Une vague noire d'énergie mentale qui arracha un hurlement au policier ; il lâcha son carnet en portant les mains à sa tête.

— Non ! cria Rob. Gabriel, arrête !

Kaitlyn ne ressentait que les échos de l'attaque sur la toile, pourtant elle en était déjà aveuglée, au bord de la nausée. Dans un brouillard, elle vit le policier tomber à genoux. Anna geignait, Lewis gémissait.

— *Gabriel, arrête !* rugit Rob. *Tu vas le tuer. Arrête !*

Il faut que je l'aide, songea Kaitlyn. *On ne va pas devenir des meurtriers... il faut que je l'aide...*

Il lui fallut faire un effort gigantesque pour détourner la terrible puissance de l'esprit de Gabriel tout en se protégeant de ce flot assassin ; en fait, elle dut s'y ouvrir en essayant de l'affronter.

— *Gabriel, tu n'es pas un meurtrier, c'est fini. Arrête, je t'en prie. Arrête !*

Elle fut prise de vertige mais, soudain, le torrent noir cessa, parut refluer en Gabriel et disparut sans laisser de trace.

Encore tremblante, elle laissa retomber sa tête sur le dossier. Dans la voiture, ce fut le silence complet.

Jusqu'à ce que Rob explose :

— Mais qu'est-ce qui t'a pris ?

— Jamais il ne nous aurait écoutés. Personne ne nous écoute, Kessler. Personne n'est de notre côté. Il va falloir se battre si on veut rester vivants. Seulement, ce sont des choses que tu ignores, toi.

— Ah oui ? Tu veux que je te montre...

— Ça suffit ! cria Kaitlyn en repoussant Rob. Bouclez-la, tous les deux. On n'a pas le temps de se battre... Il faut qu'on se taille, là.

Elle ouvrit sa portière, sortit en emportant son sac.

Le policier ne bougeait plus, mais elle put au moins constater qu'il respirait. *Qui sait dans quel état est son esprit ?* se demanda-t-elle angoissée. Le pouvoir de Gabriel pouvait entraîner les gens dans les abîmes de la folie.

Ses compagnons sortaient en hâte eux aussi, Lewis d'une pâleur spectrale dans les lumières tournoyantes, Anna aux yeux écarquillés comme un hibou. Rob s'agenouilla devant le blessé, passa une main sur sa poitrine.

— Je crois qu'il va s'en sortir…

— Alors on s'en va, dit Kaitlyn en le tirant par le bras. Avant de nous faire repérer, avant l'arrivée de renforts…

— Prends-lui sa plaque, conseilla Gabriel.

Rob se releva d'un bond puis tous détalèrent.

Au début, Kaitlyn ne fit pas attention à la direction qu'ils prenaient, suivant Gabriel dans un dédale de rues, jusqu'à ce qu'un douloureux point de côté l'arrête. Alors, elle regarda autour d'elle.

— *On est où, là ?*

— Pas vraiment dans les quartiers chics, marmonna Lewis en repoussant sa casquette.

Jamais elle n'avait vu une rue aussi lugubre : station-service en ruine, épicerie fermée par une chaîne cadenassée et surmontée d'un barbelé, marchand de vin à la vitrine bardée de barreaux. Cette dernière boutique était ouverte et plusieurs hommes s'alignaient devant l'entrée, dont un qui semblait la fixer droit dans les yeux.

Elle ne distinguait pourtant pas son visage, mais elle aperçut ses dents quand il sourit. Il donna un coup d'épaule à un de ses compagnons et descendit dans la rue.

3

Kaitlyn s'immobilisa, les jambes flageolantes. Rob s'approcha d'elle, lui posa un bras sur l'épaule.

— Viens, Anna, ajouta-t-il.

Celle-ci obéit sans se faire prier et Lewis sc joignit également à eux.

Sur le trottoir d'en face, l'homme s'était arrêté mais ne les quittait pas des yeux.

— On continue à marcher, dit Rob. Ne vous retournez pas.

Il parlait d'un ton calme et son bras musclé reposait souplement sur l'épaule de Kaitlyn.

Gabriel se retourna en ricanant :

— Et alors, Kessler ? On a peur ?

— *Moi, j'ai peur,* dit Kaitlyn.

Elle sentait la colère de Rob. Ces deux-là allaient finir par se battre.

— *J'ai peur de cet endroit, je n'ai aucune envie d'y passer la nuit.*

— Tu n'avais qu'à le dire, lança Gabriel. Tenez, on va partir du côté des usines. Il y aura bien un coin où les flics ne nous trouveront pas.

Ils traversèrent des voies ferrées, longèrent de grands hangars et des parkings peuplés de camions. Kaitlyn ne pouvait s'empêcher de jeter de temps à autre des regards derrière elle, mais il n'y avait plus signe de vie.

— Là, dit soudain Gabriel.

C'était une espèce de terrain vague encerclé de barbelés, avec une pancarte :

BAIL À VENDRE 2 HA
APPROX. 20 000 M^2
PACIFIC AMERICAN GROUP

Gabriel se tenait devant un portillon dont les barbelés avaient été aplatis.

— Passez-moi un pull ou quelque chose de ce genre.

Kaitlyn ôta sa veste, qu'il étala sur la barrière.

— Maintenant, tu grimpes.

Une minute plus tard, ils étaient dans le terrain vague et elle récupérait sa veste… perforée. Elle s'en fichait ; tout ce qu'elle voulait, c'était se blottir comme un chaton dans un endroit d'où personne ne viendrait la déloger.

Elle le trouva, à l'abri d'un rempart de mottes de terre qui les isolait de la rue, se laissa tomber dans un coin. L'adrénaline qui la gardait éveillée depuis plus de huit heures retomba d'un coup. Elle s'effondra, les muscles en compote.

— Je suis trop fatiguée, souffla-t-elle.

— Comme nous tous, dit Rob en s'asseyant à côté d'elle. Viens, Gabriel, assieds-toi avant qu'on se fasse repérer. Tu es à moitié mort.

Lui qui était déjà épuisé avant de neutraliser le policier tremblait maintenant de fatigue.

Pourtant, il resta un instant debout, histoire de prouver qu'il n'écoutait pas Rob, puis s'assit enfin, un peu à l'écart, gardant ses distances.

Quant à Lewis et Anna, ils n'hésitèrent pas à se serrer contre Kaitlyn. Elle ferma les yeux, heureuse de les sentir près d'elle, de même que Rob au corps solide et tiède qui la protégeait mieux qu'aucun rempart. *Il ne laissera personne me faire du mal*, songea-t-elle engourdie.

— *Exactement*, répondit celui-ci dans son esprit.

Et elle s'immergea dans la chaleur dorée qui l'entourait, la sustentait, comme si elle étreignait un soleil.

Je suis tellement fatiguée...

Elle rouvrit les yeux :

— On va dormir ici ?

— Ça vaudrait mieux, dit Rob d'une voix traînante. Pourtant, il faudrait que l'un de nous monte la garde, au cas où…

— Je veille, dit Gabriel.

— Non ! protesta Kaitlyn. Si quelqu'un a besoin de sommeil ici, c'est toi…

Pas dormir. Ce concept était si fugace qu'elle ne fut même pas certaine de l'avoir capté. Mais Gabriel était particulièrement doué pour masquer ses pensées. En ce moment, elle ne percevait rien sur la toile qui provienne de lui, à part son épuisement.

— Très bien, Gabriel, lança Rob avec agressivité. Fais comme tu veux.

Kaitlyn était trop exténuée pour discuter. Jamais elle n'aurait imaginé pouvoir un jour dormir dehors, à même le sol, sans rien au-dessus de la tête. Mais elle venait de vivre la plus longue et la pire soirée de son existence, alors ce mur de terre lui semblait délicieusement protecteur et confortable. Cette nuit de mars était douce et sa veste lui tenait bien chaud. Elle se sentait presque… en sécurité.

Elle ferma les paupières.

Maintenant, je sais ce que c'est d'être SDF.

— On est dans quelle ville ? marmonna-t-elle comme si c'était important.

— À Oakland, je crois, répondit Lewis sur le même ton. Vous entendez les avions ? On doit être près de l'aéroport.

Effectivement, elle entendait parfois des avions, et aussi des grillons, et la circulation dans le lointain, mais tous ces bruits s'estompèrent et, bientôt, elle cessa d'y penser pour plonger dans ses rêves.

Gabriel attendit de les voir tous quatre endormis pour se relever.

Sans doute les mettait-il en danger en partant, mais il ne pouvait s'en empêcher... et si Kessler ne parvenait pas à protéger sa copine, c'était son problème.

Car il allait maintenant de soi que Kaitlyn était la copine de Kessler. De toute façon, Gabriel n'en voulait pas. Il aurait presque pu remercier Rob de lui avoir épargné ce fardeau. Une fille, surtout celle-là, avec ses cheveux de feu et ses yeux de sorcière, risquait trop de vouloir le changer.

Elle y était presque parvenue, d'ailleurs, au point de lui faire accepter Kessler. N'importe quoi.

Arrivé à hauteur de la barrière, il sauta par-dessus mais faillit atterrir sur les genoux.

Il était faible, à un point inimaginable, sans compter cette sensation en lui... cette soif, comme si un feu l'avait brûlé de l'intérieur, le laissant vide et desséché. Jamais il n'avait éprouvé cela et, quelque part, une petite voix lui disait que quelque chose n'allait pas.

Laisse tomber, se dit-il en forçant ses jambes à longer le trottoir, ses muscles à le porter encore sans trembler. Il n'avait pas peur des habitants du quartier, c'était un environnement qu'il ne connaissait que trop… mais il savait aussi qu'il ne s'agissait pas de montrer le moindre signe de faiblesse. Malheur aux faibles.

Justement, il cherchait un être faible. Pas de quoi s'en vanter.

Laisse tomber, se dit-il encore.

Le marchand de vin n'était pas loin, après un long mur de brique couvert d'affiches déchirées et de graffitis. Des hommes se tenaient là, debout ou assis sur des caisses. Des hommes et une femme. Pas très belle, décharnée, les yeux creusés, les cheveux épars, un tatouage de licorne sur le genou.

Génial. Une licorne, symbole d'innocence et de virginité. Mais mieux valait s'en prendre à cette vermine qu'à la chaste sorcière sur le terrain vague. Cette idée lui arracha un sourire et anéantit ses dernières hésitations.

Il n'était plus qu'un loup affamé.

La femme se tourna vers lui, parut un instant médusée, puis prit un air flatté, soutint son regard. *Tu me trouves beau ?* songea-t-il. *Parfait, ça me simplifie les choses.*

Il lui posa une main sur l'épaule.

L'océan sifflait et crachait sur le rivage, sous un ciel qui allait du violet métallisé au gris lavande. Kaitlyn se tenait sur une étroite péninsule, une langue de terre rocailleuse qui s'avançait comme un doigt courbé vers l'océan.

Drôle d'endroit. Bizarre et désert…

— Oh non ! Encore ? gémit Lewis derrière elle.

Il y avait aussi Anna et Rob. Kaitlyn sourit. La première fois qu'elle les avait trouvés dans son rêve, elle leur en avait plutôt voulu, maintenant ça ne la gênait plus. Elle était contente de profiter de leur compagnie.

— Au moins, il ne fait plus aussi froid, observa Anna.

Celle-ci avait l'air d'apprécier ces lieux où la nature se passait si bien des hommes, où le vent faisait danser sa longue chevelure brune.

— Non, et on devrait être contents de se trouver ici, répondit Rob en inspectant l'horizon sans enthousiasme. C'est là qu'on devrait aller.

— Non, dit Kaitlyn. C'est là qu'on va.

Elle tendit la main vers une falaise peuplée de grands arbres au milieu desquels apparaissait une maisonnette blanche isolée.

La maison dont Kaitlyn avait eu la vision à l'Institut. Celle que lui avait montrée en photo un homme aux yeux de lynx et à la peau caramel, dont elle ne savait rien sauf qu'il était l'ennemi de M. Zetes.

— C'est notre seule chance, dit-elle à haute voix. Les gens du coin nous aideront contre Monsieur Z., eux. Il faut qu'on les trouve.

— Et peut-être qu'ils nous aideront aussi, ajouta Lewis qui continua en langage télépathique, *pour la chose. Peut-être qu'ils sauront comment briser cette connexion.*

Anna prit doucement la parole :

— Tu sais pourtant ce que disent les recherches : l'un de nous doit mourir.

— Ils trouveront peut-être une autre solution.

Kaitlyn se taisait mais elle savait qu'ils ressentaient tous la même chose. La toile les avait liés, réunis et leur offrait bien des avantages. Pourtant, elle aussi ne rêvait que de la voir détruite. Ils n'allaient pas passer toute leur vie ainsi, connectés les uns aux autres. Ils ne pouvaient pas…

— On trouvera les réponses en arrivant, assura Rob. D'ici là, on devrait inspecter les lieux, on finira bien par découvrir un indice.

— Si on commençait par le bout de la péninsule, pour voir où elle mène ? J'aimerais me rapprocher autant que possible de cette maison.

À mesure qu'ils progressaient, Lewis se lamentait un peu plus :

— Bof, c'est une plage comme toutes les autres. Si j'avais mon appareil photo, on pourrait peut-être faire des comparaisons, trouver des différences, comme dans les brochures de voyages.

— C'est vrai que là, on n'a aucun moyen de la distinguer des autres, dit Kaitlyn. Sauf... vous ne trouvez pas qu'il y a beaucoup de vagues sur la droite ?

— Si, admit Rob. C'est drôle. Je me demande d'où ça vient.

— Et regardez ça, renchérit Anna en tombant à genoux devant un amas de rochers.

Ils formaient divers petits ensembles, comme des cubes empilés pour représenter aussi bien des tours que des avions.

Il y en avait sur toute la langue de terre, parfois gigantesques, parfois minuscules. Kaitlyn crut même distinguer quelques contours humains et animaux.

— Je devrais savoir ce que c'est, soupira Anna songeuse ; ça me rappelle quelque chose.

— Tant pis, trancha Rob. On avance et ça te reviendra peut-être. Tu as l'impression d'avoir déjà vu cet endroit ?

— Je ne suis pas sûre mais ça me dit quelque chose. Je ne suis certaine que d'une chose : c'est au nord, au-dessus de la Californie.

— On n'a plus qu'à faire toutes les plages au nord de la Californie, marmonna Lewis en envoyant un coup de pied dans un amas de pierres.

— Arrête ! s'exclama Anna avec une vigueur inaccoutumée chez elle.

Arrivée au bout de la péninsule, Kait offrit son visage au vent, respirant avec ivresse les embruns de l'océan qui s'acharnait à ses pieds ; ils ne s'étaient pas rapprochés de la maisonnette pour autant.

— Qui est-ce qui nous transmet ces rêves ? demanda Lewis non loin d'elle. Tu crois que ce sont ceux qui vivent dans la maison blanche ? Tu crois qu'ils y sont, en ce moment ?

— On n'a qu'à leur demander, dit Rob.

Là-dessus, il mit ses mains en porte-voix et cria par-dessus l'eau :

— Hé, vous là-bas ! Qui êtes-vous ?

Kaitlyn sursauta mais ressentit cet appel dans le ciel violet comme positif, cette voix forte dans ce paysage immense.

À son tour, elle porta les paumes autour de sa bouche :

— Quuuiiiiii êtes-voooouus ?

— C'est ça, dit Anna en les imitant. Quuuiiiiii êtes-voooouus ? Où sommes-nooouus ?

Lewis se joignit à eux :

— C'eeest nuuul ! Répondez ! Vous ne pouvez pas être un peu plus clairs ?

Kaitlyn éclata de rire, ce qui ne l'empêcha pas de continuer ses appels. Alerté par le tintamarre, un couple de mouettes vint voir ce qui se passait.

C'est alors que leur parvint une réponse.

Plus puissante que leurs voix conjuguées, bien qu'il ne s'agisse que d'un murmure. Comme si, se dit soudain Kaitlyn, mille personnes marmonnaient en chœur. Mille personnes assemblées autour de vous dans une petite chambre d'écho.

Ce qui fit aussitôt taire le groupe. Kait leva des yeux écarquillés sur Rob qui l'avait prise instinctivement par les épaules dans un geste protecteur.

— Griffin's Pit ! Griffin's Pit ! Griffin's Pit ! disait l'assourdissant murmure.

— *Rob, ça fait mal aux oreilles…*

— *Alors réveille-toi, Kaitlyn ! C'est toi qui rêves ; tu n'as qu'à te réveiller !*

Mais elle ne pouvait pas. Elle constatait que les autres aussi avaient du mal à supporter ce son. Même Rob grimaçait et plissait les yeux.

Griffin'sPitGriffin'sPitGriffin'sPit...

Kaitlyn se pinça et la péninsule disparut.

Elle regardait le ciel nocturne, la lune inégale qui disparaissait à l'horizon. Un avion solitaire s'envolait parmi les étoiles en clignotant.

Rob s'étirait à côté d'elle. Anna et Lewis s'asseyaient.

— Tout le monde va bien ? demanda fiévreusement Kaitlyn.

— Tu as réussi ! dit Rob en souriant.

— On dirait. On a notre réponse... apparemment.

Elle se frotta le front.

— C'est peut-être pour ça qu'ils n'ont pas voulu communiquer en paroles jusque-là, observa Anna. Ils savaient sans doute que ça serait douloureux pour nous. D'autant que ce qu'ils ont dit n'était pas vraiment clair non plus.

— Griffin's Pit, répéta Kaitlyn. Ça sonne... inquiétant.

Lewis plissa le nez :

— Griffin quoi ? Oh, tu veux dire Whippin' Bit !

— Moi, j'ai entendu quelque chose comme Wyvern's Bit, rétorqua Anna. Mais ça ne signifie rien.

— Pas plus que Griffe et Pssst, observa Rob.

— Bon, on dirait que tout le monde a entendu quelque chose de différent, grommela Lewis. Ce qui nous ramène à notre point de départ.

— Faux, dit Rob en lui enfonçant sa casquette sur les yeux. D'abord, on sait qu'il y a des gens là-bas et qu'ils essaient de nous parler. Ils vont peut-être finir par devenir audibles, et nous, par mieux les entendre. En tout cas, on sait déjà qu'on doit continuer vers le nord et qu'il faut chercher une espèce de plage sur une péninsule. C'est parti !

Son enthousiasme gagna vite ses compagnons et Kaitlyn se sentit gonflée d'espoir. Toute sa vie, elle avait rêvé de se sentir chez elle quelque part, et elle était persuadée que cet endroit existait, qu'il lui suffisait de le trouver.

Depuis que Gabriel les avait rassemblés dans cette toile, elle avait trouvé les compagnons qui formaient sa nouvelle famille, ses quatre âmes sœurs. Et voilà qu'un lieu étrange l'appelait, où ses questions trouveraient enfin leur réponse, où elle comprendrait qui elle était vraiment et quel but donner à sa vie.

Elle sourit à Rob :

— C'est parti !

Se rapprochant de lui, elle ajouta un message personnel :

— *Moi aussi, je t'aime.*

— *Drôle de coïncidence !* dit la voix de Rob dans son esprit.

Étonnant ce qu'il parvenait à lui faire ressentir. Avec lui, elle était en sécurité dans un terrain vague, elle avait chaud au beau milieu d'une nuit froide et il lui donnait le vertige rien qu'en s'approchant d'elle.

— *J'aime être près de toi*, lui dit-il. *Plus je m'approche, plus j'ai envie de me rapprocher.*

Elle aurait pu se noyer dans l'or de ses yeux.

— *Si ça pouvait durer toujours...*

Elle fut interrompue par Anna qui, assise le menton sur ses genoux, se redressait soudain.

— Hé, où est Gabriel ?

Kait l'avait complètement oublié mais ne voyait plus personne du côté de la motte de terre où il s'était installé.

— Il est peut-être allé faire un tour, dit Lewis plein d'espoir.

— Ou il est parti pour de bon, rétorqua Rob d'une voix non moins marquée par l'espoir.

— Désolé, c'est raté.

Une masse de terre tomba de la motte voisine en avalanche et Gabriel apparut, un sourire glacial aux lèvres.

Il semblait en pleine forme.

Kaitlyn ne put s'empêcher de frémir mais s'empressa d'écarter le brusque sentiment d'effroi qui l'avait traversée, de peur que les autres ne le remarquent. Normal que Gabriel aille bien... il avait eu le temps de se reposer, comme eux. Voilà tout.

— Le jour va se lever, annonça-t-il. Je suis allé vérifier, pas de flics dans les parages. C'est le moment de filer.

— OK, dit Rob, mais assieds-toi une minute, d'abord. Il faut se mettre d'accord sur ce qu'on va faire. Et on voudrait te raconter ce qui nous est arrivé cette nuit.

— Parce qu'il est arrivé quelque chose ? s'étonna-t-il. Je suis... parti juste quelques minutes.

Kaitlyn sentit aussitôt qu'il mentait. Elle s'efforça pourtant de calmer sa peur.

— Pas en vrai, dans un rêve.

Où était-il allé ?

Rob lui raconta leur rêve collectif et Gabriel écouta, l'air moqueur, un rien méprisant.

— Si vous tenez absolument à vous rendre là-bas, je n'ai rien contre, conclut-il lorsque Rob eut fini. Tout ce que je demande, c'est d'échapper à l'Administration californienne de la jeunesse.

— D'accord, dit Rob. Bon, on doit faire le bilan. Qu'est-ce qu'on a apporté, à part nos portefeuilles et ces dossiers ?

Kaitlyn s'avisa soudain que ni lui ni Gabriel n'avaient pris leurs sacs. Sans doute les avaient-ils perdus dans l'affrontement avec M. Zetes.

— Moi, j'ai le mien, dit-elle. Plus 100 dollars dans ma poche… et peut-être encore 15 dans mon porte-monnaie.

— J'ai mon sac, dit Lewis. Mais j'ai peur que mes fringues ne vous aillent pas, les gars, vous êtes plus grands que moi. Et je dois avoir 40 dollars.

— Moi, je n'ai qu'un peu de monnaie, annonça Anna. Et mon sac à dos.

— Moi j'ai… ouille… 12 dollars et 50 cents, dit Rob en fouillant ses poches.

— Ça fait à peine plus de 150 dollars, geignit Lewis. La prochaine fois qu'on s'enfuira ensemble…

— Ça ne suffit même pas pour acheter des tickets de car, soupira Rob. Sans compter qu'on doit manger. En plus, on n'a pas de destination précise. Gabriel, combien…

— À peu près 90, dit celui-ci avec impatience.

Kait remarqua qu'il ne mentionnait pas le butin volé dans la chambre de Joyce.

— Mais on n'a pas besoin de tickets de car, ajouta-t-il. Je nous ai trouvé un moyen de transport.

Une caisse que j'ai tirée. Elle nous attend. Alors si vous avez fini de bavarder…

Kaitlyn se prit la tête dans les mains :

— C'est pas vrai !

À côté d'elle, Rob s'était levé d'un bond, apparemment furieux.

— Tu as fait quoi ? dit-il.

4

Gabriel lui répondit d'un sourire carnassier :

— J'ai volé une voiture. Et alors ?

— Attends, on ne va pas commencer à voler et…

— On avait bien pris celle de Joyce !

— Elle voulait nous tuer, grondait Rob entre ses dents. C'était de la légitime défense. Tandis que là… tu t'en prends à des gens qui ne nous ont rien fait.

Visiblement, la discussion amusait beaucoup Gabriel, qui se tenait prêt à décocher les coups de poing qu'il faudrait si nécessaire. En fait, il se nourrissait littéralement de la rage de Rob et n'avait qu'une envie : lui casser la figure.

— Et tu nous la joues comment, le plouc ? Tu veux qu'on parte d'ici, oui ou non ?

— J'en sais rien. Tout ce que je sais, c'est que je ne vole pas de voitures.

Kaitlyn se mordait les lèvres car les choses ne lui paraissaient pas aussi simples. D'un côté, elle appréciait que Gabriel leur ait trouvé un moyen de transport, de l'autre, elle aurait sans cesse peur de se faire arrêter.

Pour des fugitifs comme eux, une voiture représentait une sorte de port d'attache, un abri. Mais Rob ne voudrait jamais en entendre parler. Le cher, l'honorable Rob, têtu comme une bourrique, honnête à en devenir exaspérant. Rob qui défiait Gabriel, prêt à se battre sur place.

Gabriel protestait encore avec amusement :

— Et le vieux, d'après toi, il va laisser tomber, peut-être ? Il a déjà dû alerter la police... ou, qui sait, d'autres gens... Il a plein d'amis, plein de relations...

Ce qui rappela à Kaitlyn les papiers qu'elle avait vus dans le bureau secret de l'Institut. Des lettres de juges, de présidents de grosses entreprises, de membres du gouvernement. Des listes de noms de gens importants.

— On doit se barrer tout de suite, reprit Gabriel. Ça veut dire qu'on a besoin d'un moyen de transport.

Kaitlyn jeta un coup d'œil éploré vers Anna. Celle-ci arrêta de se brosser les cheveux pour lui rendre son regard inquiet.

— *Il faut qu'on les arrête.*

— *Je sais*, pensa Kait. *Mais comment ?*

— *En trouvant une autre solution.*

Kaitlyn ne voyait vraiment pas laquelle… sauf si…

Marisol !

Marisol. L'assistante de l'Institut. Elle travaillait depuis longtemps avec M. Zetes, bien avant Joyce elle-même ; elle était au courant des intrigues du vieux monsieur. Elle avait d'ailleurs essayé de prévenir Kaitlyn… ce qui l'avait menée à l'hôpital, dans le coma.

Kaitlyn prononça son nom d'un ton lugubre :

— Marisol !

— Quoi ? dit Rob.

— Écoute, si quelqu'un peut nous croire et nous aider… en plus, on est à Oakland et je suis certaine d'avoir entendu Joyce dire qu'elle venait de là.

— Calme-toi, Kait. Qu'est-ce que tu…

— Je pense qu'on devrait aller voir la famille de Marisol. Ils habitent dans les parages. Je suis sûre qu'on peut s'y rendre à pied. Eux, ils pourraient nous aider. Ils comprendraient.

Les autres la considéraient d'un air stupéfait mais intéressé.

— Elle leur a peut-être même parlé de nous, reprit-elle en se levant. Ils doivent être bouleversés par ce qui lui est arrivé ; c'était une fille en bonne santé et elle a sombré dans le coma du jour au lendemain. Vous ne croyez pas qu'ils se doutent de quelque chose ?

— Ça dépend, dit Gabriel visiblement déçu de ne pas pouvoir se battre. Si elle prenait des médicaments...

— C'est Joyce qui a dit ça. Personnellement, je ne crois plus rien de ce qui vient d'elle. Toi si ?

Elle le défiait et, à sa surprise, vit son regard glacé se teinter d'amusement.

— En tout cas, intervint Lewis, c'est notre meilleure chance.

Lui, il voyait toujours le bon côté des choses, souriant, plein d'espoir.

— En plus, ils vont peut-être nous donner quelque chose à manger.

Anna noua ses cheveux en une longue queue-de-cheval et se leva souplement. Alors Kaitlyn comprit qu'elle avait gagné. Elle se sentait sale et affamée (elle n'avait rien avalé depuis le déjeuner de la veille) mais étrangement en forme. Deux minutes plus tard, ils sautaient sur le trottoir, à la recherche d'un annuaire de téléphone.

La rue était déserte, ce qui les rassura quelque peu ; d'excellente humeur, Lewis sortit son appareil photo.

— Pour la postérité, dit-il.

— Il vaudrait peut-être mieux qu'on n'ait pas trop l'air de touristes, dit Anna.

— Si quelqu'un approche, je m'en charge, assura Gabriel.

Kaitlyn ne distinguait toujours pas ses pensées, comme bouclées derrière des grilles.

— Tiens, dit-elle, je voulais te demander : d'après Monsieur Z., tu ne peux plus entrer en contact avec d'autres esprits depuis qu'on a établi ce lien entre nous… pourtant, tu as bien atteint le flic hier, après Monsieur Z. et Joyce eux-mêmes.

— Ce qui prouve qu'il avait tort.

De nouveau, elle sentit un murmure d'anxiété lui parcourir les nerfs. Gabriel leur cachait quelque chose d'essentiel. Il était le seul à pouvoir s'écarter ainsi de la toile. Pourtant, malgré les obstacles, malgré sa carapace, elle discernait bien que quelque chose en lui avait changé depuis la veille.

Le cristal, se dit-elle. M. Zetes l'avait forcé à entrer en contact avec le cristal géant, cette monstruosité hérissée de pics qui renfermait un pouvoir psychique inimaginable.

Qu'avait-il pu faire à Gabriel ? Était-ce… permanent ?

— Comment va ton front ? lui demanda-t-elle soudain.

Il y porta vivement la main et la laissa retomber aussi vite.

— Bien. Pourquoi ?

— Fais voir.

Sans lui laisser le temps de l'en empêcher, elle se hissa sur la pointe des pieds et repoussa les mèches qui lui tombaient sur le visage. Alors elle vit l'ombre sur la peau blanche, entre les deux yeux, non pas une croûte comme elle l'aurait cru étant donné le tranchant du cristal, mais déjà une cicatrice, ou presque, une sorte de tache de naissance, en forme de croissant.

— Juste sur le troisième œil ! laissa-t-elle échapper.

Il lui avait saisi le poignet avec brutalité et elle distingua dans son regard gris une lueur effrayante, menaçante, féroce, qu'elle ne lui avait encore jamais vue.

Le troisième œil, siège du pouvoir psychique. Or, le pouvoir de Gabriel était infiniment plus grand depuis son contact avec le cristal. Déjà que Gabriel avait toujours été le plus fort des cinq… Kaitlyn redoutait ce qu'il pourrait devenir s'il gagnait encore des forces.

— Qu'est-ce qui vous prend, les gars ? demanda Lewis.

Les autres étaient loin devant. Rob revenait vers eux, l'air préoccupé. Ce fut alors qu'Anna, la plus éloignée d'eux, s'écria :

— Je vois une cabine téléphonique !

Gabriel lâcha le poignet de Kaitlyn, la plantant là pour aller rejoindre la jeune Amérindienne. *Oublie-le*, se dit Kaitlyn. *Pour le moment. Tiens le choc*.

Ils trouvèrent dans l'annuaire le nom de Marisol parmi une masse de Diaz. Ils arrivèrent à 9 h 30 sur Ironwood Boulevard, où vivait la famille de la jeune assistante, dans un pavillon de faux pisé et de stuc brun rosé. Personne ne répondit quand ils sonnèrent.

— Ils ne sont pas là, geignit Kaitlyn. Je suis idiote, ils ont dû aller à l'hôpital voir Marisol ; Joyce a dit qu'ils y étaient tous les jours.

— Alors on les attend ou on revient, dit fermement Rob.

Ils contournaient le garage lorsqu'un garçon, un peu plus âgé qu'eux, sortit de l'arrière de la maison.

Torse nu, il était mince et musclé. Kait n'aurait jamais osé l'aborder. Mais ses cheveux bouclés, brillant de reflets acajou dans le soleil et sa bouche charnue ne laissaient pas de doute sur son lien de parenté avec Marisol.

Tous commencèrent par se mesurer du regard, l'un se demandant ce que faisaient ces intrus dans une propriété privée, les autres sur le qui-vive. Kaitlyn s'interposa en hâte :

— On est des amis de Marisol et on vient de s'enfuir de chez M. Zetes. On ne sait pas où aller. On est sur la route depuis hier soir, il nous a fallu des heures pour arriver ici, alors... enfin, on espérait que vous pourriez nous aider.

Il les dévisagea de nouveau et finit par articuler :

— Des amis de Marisol ?

— Oui, affirma Kaitlyn.

Qu'importait, maintenant ? Il semblait hésiter et, alors qu'il donnait l'impression de vouloir les envoyer promener, il désigna la maison du menton.

— Entrez. Je m'appelle Tony, je suis son frère.

À la porte, il demanda soudain à Kaitlyn :

— Comme ça, vous êtes *bruja* ? Sorcière ?

— Non. Je peux... voir certaines choses... mes dessins finissent par se réaliser...

Il hocha la tête, comme s'il trouvait la réponse naturelle. Il acceptait sans problème l'idée de pouvoirs parapsychiques. En fait, il se révéla généreux et attentionné. À peine les cinq étaient-ils entrés qu'il interrogea Lewis en se frottant le menton :

— Alors, vous étiez sur la route ? Vous devez avoir faim. J'allais prendre mon petit déjeuner.

Menteur, songea Kaitlyn reconnaissante. Il suffisait de voir Lewis renifler un reste d'odeur de bacon grillé pour comprendre son désarroi.

— Vous savez, ajouta-t-il pour les mettre à l'aise, les voisins nous apportent plein de choses à manger depuis que Marisol est à l'hôpital.

Il ouvrit le réfrigérateur, où trônaient un énorme plat plein de crêpes fourrées et un autre plus petit contenant des nouilles.

— Des tamales, désigna-t-il en montrant le grand, et du *chow mein*.

Un quart d'heure plus tard, ils étaient tous assis autour de la grande table de la cuisine et Kait achevait de raconter leur fuite de l'Institut.

— M. Zetes est complètement pourri, conclut-elle.

Tony semblait à peine surpris, comme si cela ne faisait que confirmer ses soupçons, et Rob n'eut pas besoin de lui montrer les dossiers pour prouver leurs dires.

Tout en regardant son assiette, Kait demanda mentalement aux autres :

— *Comment on lui dit que c'est Monsieur Z. qui a mis sa sœur dans le coma ?*

Ils parurent gênés, sauf Gabriel. Celui-ci n'avait presque rien mangé et se tenait un peu à l'écart, comme d'habitude.

— Comment va Marisol ? demanda Anna.

— Toujours pareil. Les médecins disent qu'elle restera toute sa vie comme ça.

— C'est terrible, dit Lewis en plantant sa fourchette dans un morceau de ragoût.

— Vous n'avez jamais trouvé bizarre ce qui lui est arrivé ? s'enquit Rob.

— Tout nous a paru bizarre, répondit Tony. Marisol ne prenait pas de médicaments. J'ai entendu raconter, la semaine dernière, qu'elle suivait un traitement, mais c'est faux.

— C'est Joyce Piper qui a prétendu ça. Et aussi que Marisol voyait un psychiatre…

Comme Tony secouait vigoureusement la tête, Rob ajouta :

— Ce n'est pas vrai ?

— Elle voyait un psy une ou deux fois par an à cause des drôles de trucs qui se passaient là-bas. Elle disait que c'était pour étudier les pensionnaires de M. Zetes.

— L'étude pilote ? Vous êtes au courant ? demanda Kaitlyn. Marisol l'avait mentionnée… une étude avec d'autres parapsychos, comme celle que menait M. Zetes avec nous.

Rob fouilla parmi ses dossiers et en sortit un que Kaitlyn connaissait déjà, intitulé « Sabrina Jessica Gallo, étude pilote Éclair Noir ».

En diagonale, une inscription rouge indiquait : « achevée ».

Tony hocha la tête :

— Bri Gallo. Elle faisait partie du groupe. Je crois qu'ils étaient six. Ils étaient dans un drôle d'état. Malades. Zetes exerçait sa domination mentale sur eux.

Il réfléchit un instant avant de reprendre :

— Je vais vous dire quelque chose. Il y avait un type qui travaillait avec Marisol, un autre assistant. Il n'aimait pas le patron, le trouvait fou. Il s'opposait à lui, vous voyez, il n'hésitait pas à lui répondre. Un jour, il a décidé d'aller raconter à un journal ce qui se passait dans cette maison. Il l'a dit à Marisol. Le lendemain, quand elle l'a revu, elle l'a trouvé différent. Il ne répondait plus à Zetes et il n'a rien dit aux journaux, bien sûr. Il faisait son travail comme un somnambule, comme un mec *embrujado*… ensorcelé.

— Ou drogué, non ?

— C'était pire que la drogue. Il travaillait toujours, mais il était de plus en plus pâle, de plus en plus endormi. Marisol disait qu'il avait le regard éteint, comme si son âme l'avait quitté.

Tony jeta un coup d'œil vers l'entrée où une grosse bougie brûlait dans une niche sous une statue de la Vierge Marie, et finit par laisser tomber :

— Je crois que Zetes pratique la magie noire.

Kaitlyn jeta un coup d'œil vers Rob qui écoutait avec attention, l'air sombre. Leurs regards se croisèrent et il lui confia silencieusement :

— *Ça correspondrait pas mal à ce qu'il fait avec ce cristal. Et qui sait si Monsieur Z. n'a pas d'autres pouvoirs qu'on ne connaît même pas ?*

À voix haute, Kaitlyn déclara :

— Il a drogué Marisol. C'est Joyce Piper qui lui a administré quelque chose... je ne sais pas quoi, mais j'en ai eu la vision.

Au début, Tony parut ne pas avoir entendu.

— Je lui avais dit de partir. Depuis longtemps. Mais elle était ambitieuse, vous voyez ? Avec l'argent qu'elle gagnait, elle s'était acheté une voiture, et elle allait se prendre un appartement. Elle disait que le jeu en valait la chandelle.

Kaitlyn, qui n'avait jamais été riche, comprenait ce raisonnement.

— À la fin, elle a essayé de partir, corrigea Rob. Ou tout au moins de nous faire partir. Et c'est pour ça que Monsieur Z. a voulu l'empêcher d'aller plus loin.

Tony saisit un couteau de cuisine qu'il enfonça violemment dans la table, faisant sursauter Kaitlyn, écarquiller les yeux à Anna, tressaillir Lewis et froncer les sourcils à Rob.

Quant à Gabriel, il sourit.

— *Lo siento*, dit Tony. Excusez-moi. Mais il n'aurait pas dû faire ça à Marisol.

Instinctivement, Kaitlyn lui prit la main, elle, la fille de l'Ohio qui méprisait tant ces balourds de garçons. Mais là, elle sentait très bien ce qu'il pouvait éprouver.

— Rob veut empêcher M. Zetes d'aller plus loin, expliqua-t-elle. Et on pense pouvoir aller chercher de l'aide là où des gens s'opposent à ses activités.

— Vous croyez qu'ils pourraient aider Marisol ?

— Je ne sais pas, répondit-elle honnêtement. Mais, si vous voulez, on leur posera la question, c'est promis.

Le jeune homme s'essuya les yeux.

— On ne sait pas encore qui sont ces gens, ajouta Rob. On pense qu'ils habitent dans le nord et on croit savoir à quoi ressemble l'endroit où ils vivent. Il nous faudra sans doute un certain temps pour le trouver. Le seul ennui, c'est qu'on ne sait pas comment y aller.

— Eh non, intervint Gabriel d'un ton sarcastique, ce n'est pas le seul ennui ! Il y a aussi qu'on est fauchés.

Tony lui adressa un sourire quasi complice, comme s'il appréciait sa franchise.

— On espérait pouvoir parler à vos parents, reprit posément Kaitlyn. Parce que si on s'adresse aux nôtres, Zetes nous retrouvera aussitôt. Et puis, ils ne comprendraient pas.

— Les miens non plus, murmura Tony pensif. Ça ne ferait que les bouleverser un peu plus.

— Mais…

— Suivez-moi dehors.

Personne ne comprit vraiment, pourtant ils lui emboîtèrent le pas. Le jardin était peuplé de rosiers, mais ce qu'ils virent, tous, fut le chemin derrière le garage, où stationnait un van gris métallisé.

— Hé ! s'exclama Lewis, c'est le véhicule de l'Institut.

— Non, dit Tony, c'est celui de Marisol. Il lui appartient.

Il resta un moment les bras croisés, comme s'il réfléchissait, puis se tourna brusquement vers Kaitlyn :

— Prenez-le.

— Pardon ?

— Je vais vous chercher des sacs de couchage et aussi une vieille tente qu'on garde dans le garage.

Kaitlyn était subjuguée :

— Mais…

— Vous en avez besoin pour votre voyage, non ? Sinon, vous allez mourir de froid. Vous n'y arriverez jamais. Et ce que je veux, moi, c'est que vous punissiez cette ordure qui s'en est prise à Marisol, parce que personne d'autre ne pourra le faire. Il faut de la magie pour vaincre la magie. Prenez ce van.

Au bord des larmes, elle put à peine le remercier.

Et on fera tout ce qu'on pourra pour aider Marisol, se dit-elle. Certes, ses compagnons pouvaient l'entendre, mais il s'agissait d'une promesse en son nom à elle seule.

— Il faut que vous partiez avant le retour de ma mère, reprit Tony.

Il emmena Rob et Lewis dans le garage tandis que Kait, Anna et Gabriel examinaient le van.

— Ce sera parfait, souffla Kaitlyn.

Elle était déjà montée dedans, pour aller en cours et en revenir, sans y faire vraiment attention. Maintenant, elle considérait avec ravissement les deux places à l'avant et les deux banquettes à l'arrière, avec de la place pour étendre les jambes ou ranger des bagages.

Tony y empila couvertures, sacs de couchage et oreillers. Inestimables richesses, songea Kaitlyn en caressant un édredon. Il emmena même Gabriel et Rob à l'étage pour leur donner quelques vêtements. Enfin, il sortit des provisions de la cuisine, qu'il déposa dans un panier.

— Ça ne vous durera pas longtemps, mais c'est toujours ça.

Kaitlyn remercia de nouveau, tandis que Rob s'installait au volant et Gabriel, à côté de lui. Anna et Lewis s'assirent derrière eux et elle se retrouva au fond du véhicule, loin de Rob, mais peu importait. Ils changeraient plus tard.

— Je compte sur vous pour empêcher Zetes de continuer, dit Tony en faisant coulisser la portière arrière.

On va essayer, songea Kaitlyn. Elle lui adressa un signe tandis qu'ils s'éloignaient dans la rue.

— On prend l'autoroute 880, indiqua Lewis en étudiant la carte que Tony leur avait donnée.

— On a de quoi rouler, on a de quoi dormir, dit Rob. Alors où va-t-on, maintenant ?

5

— Il faut déjà quitter la Californie aussi vite que possible, affirma Gabriel.

Mais Rob n'était pas d'accord :

— On ferait mieux de réfléchir au lieu de partir à l'aveuglette. On cherche une plage, non ? Il y en a plein, en Californie.

— Mais on sait que ce n'est pas en Californie, coupa Kait. Anna et moi, on le sait. On en est sûres.

— Et il faut quitter cet État, insista Gabriel. C'est là que les flics vont nous chercher. Une fois en Oregon, on pourra se détendre un peu.

Kaitlyn n'était pas trop certaine de la réaction de Rob, mais ils n'avaient pas les moyens de se disputer en ce moment.

— D'accord, dit-elle pour apaiser l'atmosphère.

Lewis tapota la carte :

— Le mieux, c'est de prendre l'autoroute 5, mais de toute façon on n'atteindra pas l'Oregon avant la nuit.

— On n'a qu'à se passer le volant toutes les deux ou trois heures, suggéra Kaitlyn. Au fait, on va dire qu'on est en voyage d'étude ou quelque chose de ce genre. Sinon, les gens pourraient trouver bizarre de rencontrer des ados sur la route en période scolaire.

Le paysage changea peu à peu. Au début, il fut plat et jaunâtre, parfois tacheté de verdure et de quelques buissons mauves. Mais, à mesure qu'ils progressaient vers le nord, les collines se succédaient et les arbres longeaient la chaussée. Kaitlyn finit par sortir son carnet de croquis.

Elle n'avait pas dessiné depuis le cours de la veille, mais celui-là lui semblait remonter à des années. Les pastels s'étalèrent doucement sur le papier et elle commença à se détendre. Elle en avait bien besoin.

Elle traça la forme de collines distantes, essayant de les capter avant que le paysage ne change. C'était ce qu'elle aimait avec les pastels : ils permettaient de travailler vite, au fil de l'inspiration. Elle emplit sa feuille de couleurs et son dessin fut terminé en quelques minutes.

Ce n'était qu'un exercice. Maintenant, tourner la page. Reprendre du bleu ciel et du mauve, peut-être aussi du vert pomme et du violet.

Une image se traçait sous ses doigts sans qu'elle le veuille vraiment. Elle aimait laisser son esprit vagabonder tandis que ses mains travaillaient. En ce moment, elle pensait à Gabriel.

Il allait falloir qu'elle lui parle, le plus vite possible. Visiblement, les choses ne tournaient pas rond chez lui et elle devait savoir où il en était…

Elle éprouva un choc en découvrant ce qu'elle venait de dessiner. Gabriel. Non pas un de ses portraits noir et blanc à travers lesquels il lui arrivait de l'évoquer, mais une silhouette qui émergeait d'un entrelacs de couleurs. C'était bel et bien Gabriel… et au centre de son front, bleu et brillant, apparaissait son troisième œil.

Qui la fixait d'un air lugubre. Elle en eut le souffle coupé et l'impression de plonger au cœur de l'image.

Elle recula d'un bond et la sensation disparut, mais une sueur froide lui coulait dans le dos. *Arrête !* se dit-elle. Qu'y avait-il d'extraordinaire à dessiner un troisième œil chez un parapsycho ? Ce n'était jamais qu'une métaphore. Ne s'était-elle pas elle-même représentée ainsi ?

Arguments qui ne la rassurèrent en rien. Elle savait très bien que ce dessin dégageait quelque chose de néfaste.

— *Kait, qu'est-ce qui se passe ?*

La voix de Rob dans sa tête. Elle leva les yeux et s'aperçut que tous la regardaient, même Gabriel qui s'était retourné sur son siège, jusqu'à Rob, dans le rétroviseur.

Elle avait presque oublié l'existence de la toile et la présence des autres. Apparemment, ils n'avaient pas perçu ses pensées, juste senti son trouble, et ils s'inquiétaient pour elle.

Intéressant, songea-t-elle. Ainsi, dessiner lui permettait de masquer ses pensées. À moins que ça ne provienne de sa concentration. Elle répondit mentalement à Rob :

— *Ce n'est rien. Juste un dessin.*

Elle sentit son inquiétude.

— Une prémonition ? dit-il à haute voix.

— Non… je ne sais pas.

Affreusement impossible de mentir à la toile.

— En tout cas, je n'ai aucune envie d'en parler pour le moment.

Sûrement pas avec Gabriel assis à l'avant, qui entendait chacune de ses paroles, ni en présence de Lewis et d'Anna. Gabriel serait furieux qu'elle ose ainsi dévoiler ses secrets. Non, elle devait d'abord lui parler seule à seul.

Elle perçut la déception de Rob. Il savait qu'elle lui cachait quelque chose mais ignorait quoi. Quant à Anna, elle l'interrogeait du regard.

Mieux valait passer à un autre sujet au plus vite.

— Si on s'arrêtait pour changer de conducteur ?

— On n'a qu'à aller sur l'aire d'Olive Pit, suggéra Lewis. Il y aura peut-être des dégustations.

— On longe des oliviers depuis un moment, dit Kait contente de cette diversion.

Elle continua de parler jusqu'à ce qu'ils se garent, descendent du van et se rendent sur un stand où on leur fit goûter diverses sortes d'olives, au chili, cajun, du Texas et du Sud profond. Le temps qu'ils regagnent la voiture, le dessin était oublié.

Ce fut Gabriel qui prit le volant. Rob s'assit à l'arrière avec Kaitlyn qui se blottit contre lui.

— Ça va ? lui demanda-t-il à voix basse.

Elle fit oui de la tête tout en évitant ses yeux dorés ; elle ne voulait pas avoir de secrets pour lui, mais elle craignait de rompre l'équilibre précaire entre Gabriel et lui.

— Juste fatiguée, dit-elle.

Elle n'avait plus aucune envie de dessiner, même lorsqu'une magnifique montagne apparut devant eux, isolée, à la cime enneigée soulignée par des rochers noirs.

— Le mont Shasta, annonça Lewis.

Ils passèrent le moutonnement des collines, le serpentement des rivières presque toutes asséchées. Le mouvement du van, le ronronnement du moteur berçaient Kait dont la tête finit par tomber sur l'épaule de Rob, et elle ferma les yeux.

Elle se réveilla en sursaut. Elle avait si froid, tout d'un coup ! Regardant autour d'elle, elle aperçut le mont Shasta loin derrière eux, qui brillait tel un gigantesque diamant dans le soleil couchant. Le ciel était mauve foncé.

Devant eux, Anna venait de lever la tête :

— Gabriel, s'il te plaît, éteins la clim.

— Elle n'est pas allumée.

— Mais il fait froid ! dit Kait en claquant des dents.

Tremblant lui-même, Rob l'avait enveloppée de ses bras.

— Elle est forcément allumée, insista-t-il. On n'est pas au pôle Nord, quand même ! Ce n'est pas toujours comme ça, n'est-ce pas, Lewis ?

Celui-ci ne répondit pas. Kait vit Anna se pencher vers lui et s'aperçut en même temps qu'elle ne percevait plus aucun signe venant de lui sur la toile.

— Il dort ? demanda-t-elle à Anna.

— Il a les yeux ouverts.

Kaitlyn sentit les battements de son cœur s'accélérer.

— *Lewis ?* appela-t-elle par la pensée.

Rien.

— Qu'est-ce qui se passe ? demanda-t-elle à haute voix.

Rob l'avait lâchée pour s'approcher de Lewis. Elle avait un mauvais pressentiment. Ce n'était pas normal. L'air n'était pas seulement froid mais plein d'électricité, et une odeur nauséabonde envahissait l'atmosphère.

Et puis il y eut ce bruit qui domina soudain le ronronnement du moteur. Un bruit léger mais aigu, sur une seule note, comme si on passait un doigt humide sur le bord d'un verre de cristal.

— C'est quoi, ça ? demanda Rob en secouant Lewis.

Au volant, Gabriel s'enquit d'un ton hargneux :

— Qu'est-ce qui se passe, derrière ?

— Rien du tout, dit Kait.

Ce fut l'instant que choisit Lewis pour sauter sur le siège avant resté vide, à côté du conducteur qu'il heurta au passage, les bras tendus devant lui. Le véhicule fit une embardée.

— Fiche le camp ! cria Gabriel. Virez-le de là ! Je n'y vois rien !

Rob se précipita pour essayer de tirer en arrière Lewis qui restait accroché à Gabriel. Alors qu'ils zigzaguaient, Kaitlyn se retenait au dossier devant elle.

— Allez ! cria Rob. *Lewis, rassieds-toi ! Calme-toi !*

Celui-ci se débattit un instant puis retomba inanimé avant de jaillir tel un bouchon sur le siège du milieu, entraînant Rob vers Anna qui poussa un cri et roula au sol avec lui.

— Hé... qu'est-ce qui t'arrive ? couina Lewis. Tu te crois où ? Lâche-moi !

Il avait sa voix habituelle, quoique légèrement plaintive, et se dégagea comme si de rien n'était.

Rob se redressa, encore stupéfait.

Gabriel avait repris le contrôle du van et jeta juste un regard mauvais par-dessus son épaule.

— Abruti ! lança-t-il. Tu joues à quoi, là ?

— Moi ? À rien. C'est Rob qui m'a sauté dessus.

Lewis les contemplait tous les quatre, l'air sincèrement stupéfait.

— Enfin... tu ne te souviens pas ? demanda Kaitlyn.

Elle constatait aussi bien à son expression qu'à son absence sur la toile qu'il ne se rappelait rien du tout.

— Tu as sauté au plafond et atterri à l'avant, comme si tu voulais chasser quelque chose du siège, sauf qu'il n'y avait rien.

— Oh...

Il parut soudain comprendre et prit un air mortifié.

— Je... j'ai dû rêver. Je ne sais plus de quoi, mais je croyais avoir vu quelqu'un assis là. Une espèce de forme blanchâtre... une personne. Et je savais que je devais l'attraper...

Il s'interrompit, regarda de nouveau autour de lui, haussa les épaules comme pour s'excuser.

— Un rêve ! lâcha Gabriel dégoûté. La prochaine fois, garde-les pour toi.

Non, songea Kaitlyn. Ça ne tenait pas debout, ce ne pouvait pas être la seule explication. Pourquoi Lewis se mettrait-il soudain à rêver de choses qui le pousseraient à attaquer son entourage ? Et que dire de ce froid ? Il avait disparu aussi vite qu'il était arrivé : la température était redevenue douce. De même pour l'odeur et le léger sifflement…

— *On est tous fatigués*, énonça la voix paisible d'Anna dans son esprit. *On est même carrément crevés. Et on a subi un tel stress… ça peut se manifester de drôles de façons…*

— Peut-être qu'on a tous un peu rêvé, consentit Rob en riant.

— Peut-être, approuva Kaitlyn.

Elle tâchait d'éloigner le doute de son esprit, pour le moment, du moins. Lewis croyait à l'évidence en ce qu'il venait de raconter, et Anna ainsi que Rob le savaient sincère, inutile de revenir là-dessus.

On va voir ce qui va se passer, décida-t-elle intérieurement. Elle se rassit à sa place et Rob revint à côté d'elle. La lumière avait baissé, à l'ouest les nuages prenaient une couleur cerise.

— On ne devrait pas s'arrêter ? proposa Rob en consultant sa montre.

Gabriel alluma les phares.

— On est encore en Californie. On s'arrêtera en Oregon.

Ils croisaient des camions scintillants de tous leurs feux. Ce ne fut qu'à 20 heures qu'ils atteignirent un panneau proclamant « Bienvenue en Oregon ».

Ils roulèrent encore jusqu'à atteindre une aire de repos et se restaurèrent dans l'herbe fraîche à côté du van, de sandwichs au beurre de cacahuète prélevés dans le panier que leur avait donné Tony et du reste d'olives cajun. En guise de dessert, ils eurent droit à une pomme chacun et à des pastilles roses contre la toux que Lewis avait trouvées dans la boîte à gants.

— On reste ici pour la nuit, dit Rob. Il n'y a presque personne, on sera tranquilles.

Kait s'aperçut qu'elle avait pris son dentifrice mais pas de brosse à dents. Dans les toilettes pour dames, elle se frotta les dents avec un coin de la chemise de coton qu'elle avait apportée.

Ils voulaient tous se coucher tôt.

— Mais comment ? demanda-t-elle effarouchée à l'idée de passer la nuit dans le van parmi ses quatre compagnons. On ne pourra jamais s'allonger tous !

— La banquette arrière se déplie, dit Rob. Ça fait une large surface pour accueillir au moins deux personnes. On peut mettre quelqu'un sur la banquette du milieu et aussi allonger les deux sièges à l'avant.

— J'en prends un, dit Lewis. À moins que quelqu'un veuille partager l'arrière avec moi ?

Il promena un regard plein d'espoir sur Anna et Kait.

— L'arrière, c'est pour les filles, énonça Rob.

— Oh, non ! dit Anna l'œil rieur. Je pense qu'il vous revient, à Kaitlyn et à toi. Moi, je dormirai sur la banquette.

— Et moi dehors ! conclut Gabriel en prenant un sac de couchage.

Kait le percevait sur la défensive.

Rob et elle n'avaient pas encore accepté la proposition d'Anna, mais Kait était prête à le faire, car elle se sentirait en sécurité auprès de lui.

— C'est juste plus pratique… commença-t-elle.

Gabriel l'interrompit d'un regard. Il semblait pâle et tendu à la lueur des lampes de l'habitacle.

— Écoute, intervint Rob, tu ne devrais peut-être pas rester seul dehors.

— Je gère, grommela Gabriel entre ses dents.

Là-dessus, il sortit. Kaitlyn aida Rob à étendre les couvertures, tout en essayant de masquer ses pensées aux autres. Elle n'avait pas encore eu l'occasion de parler à Gabriel en tête à tête. Il allait falloir qu'elle provoque une discussion le plus vite possible.

Malgré sa place privilégiée, elle eut tôt fait de se sentir à l'étroit à l'arrière, comme sur une couchette de train. Mais la compagnie de Rob changeait tout. Il était si doux, si gentil…

C'était la première fois qu'ils se retrouvaient à l'écart ensemble et Kaitlyn était tellement fatiguée que ses paupières se fermaient toutes seules. Pas d'étincelles dorées au contact de Rob, cette fois, juste une lumière constante, pour la rassurer.

— Je t'aime, murmura-t-elle engourdie.

Et ils s'embrassèrent. Un doux baiser qui lui permit de se blottir ensuite contre lui.

— *Je t'aime*, songea Rob en retour.

Il avait dit cela avec une tranquille assurance qui évoquait celle d'un lion dans la savane. Mais il était trop attentionné envers les autres pour recourir à la force.

En revanche, il se fichait qu'on l'ait entendu ou non. Il aurait eu plus de chances de ne pas l'être s'il avait chuchoté ces paroles plutôt que de les transmettre par télépathie. Dans le lointain, Kait percevait l'amusement attendri d'un Lewis quelque peu envieux et l'approbation tranquille d'Anna… en revanche, depuis l'extérieur, ce fut une critique amère qui monta de Gabriel, une colère qui la terrifia.

Il se sent trahi, songea-t-elle en s'accrochant à Rob. *Mais il a tort : jamais je ne lui ai laissé entendre…*

— *Il faut trouver un moyen de briser ce lien*, dit Rob acerbe. *Tant qu'on est d'accord, ça va, mais quand on pense que les gens peuvent épier vos moindres pensées…*

— Rob, laisse tomber, murmura-t-elle.

Il émettait haut et fort ses pensées et Gabriel rageait de plus en plus. Ces deux-là allaient passer leur temps à s'affronter.

— *C'est ce que je dis depuis le début*, lança Gabriel du dehors. *Et je connais au moins un moyen, radical.*

Il parlait de meurtre, car il en était là, à les haïr tous, ne les supportant tellement plus qu'il les menaçait.

— Laisse tomber, souffla Kaitlyn sans donner à Rob le temps de répliquer. Je t'en prie, Rob ! Je suis tellement fatiguée !

À sa propre surprise, elle était au bord des larmes.

Il oublia aussitôt toute dispute et tourna mentalement le dos à Gabriel.

— *On va trouver un moyen de le briser, un autre moyen*, promit-il à Kaitlyn. *Les gens de la maison blanche nous aideront. Sinon, j'en trouverai un, moi.*

— Oui, balbutia-t-elle en fermant les yeux.

Il la tenait serrée contre lui et elle le croyait, comme elle l'avait toujours cru depuis le début. Elle ne pouvait s'en empêcher, Rob savait convaincre.

— Dors, Kait.

Et elle se laissa glisser sans peur vers un obscur sommeil.

— *Tant que tu es avec moi, je ne crains rien*, songea-t-elle.

La dernière chose qu'elle entendit fut un murmure lointain provenant d'Anna :

— Je me demande si nous allons encore rêver...

Gabriel se glissa dans le sac de couchage, à même l'herbe sur laquelle ils avaient dîné, mais il avait l'impression d'être allongé sur des racines... ou sur des os.

Pensée morbide. Les os des morts sous lui. Peut-être les os de ceux qu'il avait tués, juste retour des choses.

Car, bien qu'il ne l'ait jamais reconnu devant quiconque, Gabriel respectait la justice.

Non qu'il regrette d'avoir tué ce type de Stockton, celui qui s'apprêtait à l'abattre pour lui voler 5 malheureux dollars. Il était même plutôt content d'avoir envoyé cet individu au diable.

Mais c'était là son deuxième meurtre. Le premier, il ne l'avait pas voulu ; ça n'avait été que le résultat d'une triste rencontre entre un esprit fort et un autre plus faible. La pauvre Iris n'avait pu lui résister, fragile comme une petite souris blanche, délicate comme une fleur. Son énergie vitale s'était répandue en lui comme s'il lui avait ouvert une artère. Et il… n'avait su l'arrêter.

Jusqu'au moment où elle s'était alanguie, sans vie, entre ses bras, le teint bleuâtre, les lèvres entrouvertes.

Gabriel s'aperçut qu'il était complètement figé, les yeux perdus dans la noirceur de la nuit, les poings serrés, et qu'il transpirait.

J'accepterais de mourir si ça pouvait lui rendre la vie. J'échangerais volontiers ma place avec la sienne. J'appartiens à l'enfer, tandis qu'Iris mériterait de vivre encore.

Bizarrement, il ne pouvait se rappeler son visage. Il l'avait aimée, certes, mais il ne revoyait que ses yeux, grands ouverts, comme ceux d'une biche sans défense.

Mais il ne pouvait prendre sa place. Les choses n'étaient pas si simples ici-bas, il ne s'en sortirait pas ainsi. Non, le sort voulait qu'il reste allongé dans cette herbe qui lui donnait l'impression de se retrouver sur un tas d'os et qu'il pense à de nouveaux meurtres, ceux qu'il allait commettre, inévitablement.

Car c'était ainsi qu'il vivait.

La fille d'Oakland, avec son tatouage de licorne, il ne l'avait pas tout à fait tuée. Il l'avait laissée au milieu d'une ruelle, vidée de toute son énergie mais encore vivante.

Tandis que cette nuit… le besoin se faisait impérieux. Il ne s'y était pas attendu. Voilà des heures qu'elle montait en lui, cette soif âcre et desséchante, au point de devenir insupportable. Il lui avait fallu faire appel à toute sa volonté pour ne pas réduire Kessler en cendres, ce phare d'énergie qui semblait irradier ce qui l'entourait avec une tranquille constance. La tentation avait été quasi insurmontable, surtout lorsque Kessler l'agaçait, ce qui devenait quasi permanent.

Non. Il ne pouvait toucher à personne de son groupe. D'abord parce que ce serait trahir son secret, ensuite parce que ce serait… *déplacé. Inopportun. Inconvenant.*

Regrettable, dit encore une petite voix en lui.

La ferme ! dit Gabriel.

Il sortit d'un bond de son sac de couchage. Avec ses compagnons à proximité, il allait devoir chasser ailleurs. Sur la toile, il sentait leur sommeil paisible ; à travers la vitre, il ne vit rien. Il ne manquerait à personne.

Il allait devoir chercher sous les étoiles un être susceptible d'étancher sa soif.

6

Les êtres se penchaient sur elle. La première chose à laquelle Kait pensa fut qu'ils ressemblaient à des dessins au crayon, monochromes, toute couleur évanouie. La deuxième, qu'ils étaient néfastes.

Elle ignorait comment elle savait cela mais c'était clair. Plus clair que le visage de ces gens. Non qu'ils soient dépourvus de traits, mais ils lui paraissaient flous, comme s'ils se déplaçaient à mille à l'heure ou comme si les yeux de Kaitlyn ne pouvaient les distinguer.

Des extraterrestres, songea-t-elle. De petits hommes gris sortis de soucoupes volantes. Et puis, la silhouette blanchâtre de Lewis. Kaitlyn en eut le souffle coupé. Elle aurait voulu crier mais c'était impossible. Elle ne savait même pas si elle dormait ou si elle était éveillée, mais elle se sentait paralysée.

Si je pouvais bouger… si seulement je pouvais bouger, je saurais… je pourrais leur dire de s'en aller…

Elle avait envie d'avancer vers eux les bras tendus pour vérifier si cette vision avait quelque chose de réel, mais elle ne parvenait même pas à lever un genou, et ces choses affluaient sur elle de toutes parts. Elles possédaient l'étrange propriété, lorsque Kaitlyn les regardait, de se précipiter sur elle alors que l'ensemble restait au même endroit. Elles la regardaient, d'un regard fixe et inexpressif, pire que menaçant. Et elles semblaient se pencher davantage vers elle, s'approcher…

Dans un sursaut, Kaitlyn parvint à tendre un bras ; son mouvement lui parut violent mais elle ne vit qu'un poignet flasque bouger mollement vers les petites silhouettes, effleurant leurs visages incolores ; elle fut seulement frappée de les sentir si froids.

L'air réfrigéré…

Les petits êtres avaient disparu.

Allongée sur le dos, Kaitlyn clignait des paupières. Elle aurait juré avoir gardé les yeux grands ouverts tout ce temps-là, mais comment l'affirmer alors qu'elle ne voyait maintenant que du noir autour d'elle, avec les stores de la voiture baissés ? Tout ce qu'elle devinait, c'était la forme de son bras dans l'air glacial.

Il faisait vraiment froid. Déjà, il y avait eu cette brusque chute de la température lorsque Lewis avait eu sa vision.

Je ne crois pas que c'était un rêve. Ou, du moins, pas un rêve ordinaire.

Mais alors quoi ? Une prémonition ? Elle n'en avait jamais eu de cette sorte. Lewis non plus ; son pouvoir à lui, c'était la psychokinésie.

Quoi qu'il en soit, elle gardait de l'expérience une impression de malaise. Il y avait en elle une… envie de fuite qui rendait pénible son immobilité. Elle se sentait à l'étroit, ses yeux lui faisaient mal et tout son corps vibrait d'adrénaline.

À côté d'elle, Rob reposait paisiblement, le souffle régulier. Profondément endormi. Elle n'avait aucune envie de le réveiller. Il avait besoin de se reposer. Lewis et Anna dormaient bien, eux aussi… elle le sentait sur la toile.

Et Gabriel au-dehors ? Kait envoya son esprit explorer les alentours en se concentrant sur chacun de ses pas virtuels. Elle eut beau chercher, il n'était pas là où elle l'avait vu se coucher. Elle finit par repérer sa présence, dans le lointain, sans pouvoir dire exactement ce qu'il faisait.

Bien. Parfait. Avec détermination, elle repoussa la couverture par étapes, s'assit lentement puis se leva à moitié, jusqu'à remonter, pliée en deux, vers l'avant du véhicule pour ouvrir la portière sans bruit, sortir et la refermer aussi doucement.

À présent, elle allait retrouver Gabriel et utiliser son trop-plein d'énergie à bon escient en discutant enfin avec lui. C'était le moment ou jamais, alors que les autres dormaient. Et si ça ne lui plaisait pas, tant pis pour lui, elle était prête à l'affronter.

Elle fit le tour du van pour scruter l'aire de repos. Mis à part l'ampoule des toilettes, il faisait nuit noire loin des réverbères de la route. Seules trois autres voitures stationnaient là, une vieille Coccinelle, une Chevrolet et une Cadillac.

Mais pas de Gabriel. Kaitlyn ne put le repérer nulle part. Elle savait pourtant qu'il était là, quelque part, réfugié dans sa carapace pour lui échapper. Elle allait lui expliquer sa façon de voir les choses.

D'autant qu'il ne pouvait pas se balader ainsi dans l'obscurité. Elle passa devant deux des voitures en regardant machinalement leurs plaques immatriculées dans l'Oregon, puis devant la Cadillac, garée sous un réverbère, le premier à proximité de la route.

Par là… il fallait continuer par là. Si elle avait appris une chose, ces derniers temps, c'était bien qu'il fallait se fier à son instinct… pourtant ce coin était si désolé, le ciel, si noir malgré la demi-lune qui se levait à l'horizon…

Prenant son courage à deux mains, elle suivit le chemin qui s'enfonçait vers un bouquet d'arbres dont elle devinait les hautes branches à mesure que ses yeux s'habituaient à l'obscurité.

Tout était tranquille et elle commençait à frissonner. Pas étonnant, les nuits étaient plus fraîches en Oregon qu'en Californie. Mais où était donc Gabriel ? Ce n'était pas son genre, d'aller s'asseoir sous les arbres. Peut-être s'était-elle trompée, cette fois. Elle décida d'aller jusqu'au premier arbre avant de rebrousser chemin. Elle était assez loin du van pour ne plus sentir que légèrement la présence de Rob, Lewis et Anna, et elle savait que toute communication devenait impossible.

Je suis vraiment seule, cette fois. C'est l'unique moyen qu'il nous reste pour nous débarrasser de la surveillance des autres. Voilà sans doute pourquoi Gabriel a tellement envie de s'éloigner la nuit ; je le comprends.

Elle s'était presque convaincue quand elle arriva au pied du premier arbre. Ce qu'elle y trouva interpella tous ses sens à la fois. Ses oreilles entendirent un mouvement léger puis le sifflement d'une respiration haletante. Ses yeux aperçurent une ombre à demi cachée par le tronc et son instinct psychique perçut un certain désordre sur la toile… une vibration, comme si Kait venait de passer devant un champ électrique.

En même temps, elle avait du mal à croire ce dont elle était témoin. Le cœur battant à tout rompre, elle s'approcha en contournant l'arbre. Cette masse… dans ce début de clair de lune, elle évoquait un peu une scène de *Roméo et Juliette*, un garçon agenouillé, tenant une fille abandonnée dans ses bras. Mais ce halètement… avait plutôt quelque chose d'animal.

Et ce qu'elle percevait sur la toile était tout aussi bestial : une faim de loup.

Oh non ! Elle se mit à trembler comme une feuille. *Ce n'est pas vrai, je n'ai pas envie de voir ça…*

Cependant, le garçon agenouillé avait levé la tête et elle ne pouvait plus nier la vérité. C'était bien Gabriel qui tenait cette fille morte ou inconsciente et regardait Kait dans les yeux, l'air effarouché. Un déchirement fit vibrer la toile, comme si sa carapace se détruisait d'un coup. Elle l'avait surpris sans défenses et, maintenant, elle discernait exactement toutes ses sensations.

— Gabriel… souffla-t-elle tout fort.

Faim…

Faim et désespoir, une douleur intolérable et cette promesse de trouver un soulagement auprès de la fille qu'il étreignait. Non pas morte mais comateuse, en train de se vider de toute son énergie vitale. De ce que Lewis appelait le *qi*.

— Gabriel, répéta Kaitlyn les jambes flageolantes.

Elle était submergée par cette privation qui le torturait, lui.

— Va-t'en, dit-il d'une voix cassée.

Elle fut presque surprise de l'entendre parler, comme si c'était un requin ou un loup affamé qui lui adressait la parole, un prédateur en état de manque.

Fuis ! lui dit une petite voix. *Il est prêt à tuer et ce pourrait aussi bien être toi à la place de cette fille. Fiche le camp !*

— Gabriel, écoute-moi, je ne veux pas te faire de mal.

Elle haletait en parlant, pourtant elle parvint à tendre les bras vers lui.

— Gabriel, je comprends… je ressens tes besoins. Mais il y a d'autres moyens…

— Fous le camp !

Le cœur retourné, elle fit un pas vers lui. *Réfléchis*, se disait-elle affolée. *Sois rationnelle, parce que lui ne l'est sûrement pas.*

Montrant les dents, il serra la fille contre lui, comme pour protéger sa proie de l'intruse.

— N'approche pas, gronda-t-il.

— C'est son énergie, n'est-ce pas ?

Elle n'osa cependant plus avancer et se laissa tomber à genoux ; à son niveau, elle put constater que les yeux gris étaient ouverts sur un regard vide.

— C'est de l'énergie vitale que tu cherches, je le sens. Je sens comme ça te fait souffrir…

— Tu ne sens rien du tout ! Casse-toi avant qu'il t'arrive quelque chose !

C'était un cri torturé, pourtant il s'immobilisa presque aussitôt et un calme mortel lui passa sur le visage ; ses iris ne ressemblèrent plus qu'à des glaçons. Sans plus s'occuper de Kaitlyn, il reporta son attention sur la fille aux cheveux ondulés, blond foncé ou châtain clair. Elle paraissait presque paisible. Gabriel l'avait certainement figée avec son esprit.

À présent, il lui tournait la tête de côté, repoussait une mèche sur sa nuque, sous le regard horrifié de Kaitlyn.

— Là, dit-il en lui caressant les vertèbres cervicales. C'est le point de transfert. Le meilleur endroit pour récupérer l'énergie. Tu n'as qu'à regarder, si ça t'intéresse.

Sa voix se faisait froide comme un vent de l'Arctique et sur la toile sa présence n'était plus qu'un champ de neige. Il contemplait la nuque de la fille d'un air affamé, les lèvres tremblantes. Il se pencha pour les lui poser sur la peau.

— Non !

Kaitlyn réagit instinctivement, se jetant carrément sur lui, interposant une main entre la fille et sa bouche, lui repoussant le visage de l'autre paume.

— *Te mêle pas de ça !* entendit-elle mentalement.

Cependant, elle tint bon.

— *Rends-la-moi !*

Elle en avait la vision troublée, ne distinguait plus rien, ne sentait plus rien que la fureur de Gabriel qui sortait les griffes et les dents. Elle allait perdre prise. Que pouvait-elle contre la force physique et psychique d'un loup ? Il lui arrachait la fille, l'esprit aussi accessible qu'un trou noir.

— *Non, Gabriel !*

Et elle l'embrassa.

Du moins son dernier mouvement s'acheva-t-il ainsi. Elle avait juste cherché à s'opposer à lui front contre front, comme lorsque Rob l'avait touchée pour canaliser son énergie. Mais au contact de ses lèvres, il lui fallut un certain temps avant de parvenir à se détacher de lui.

Elle aussi l'avait choqué… au point de l'immobiliser. Il semblait trop étonné pour la repousser. Il restait simplement paralysé tandis qu'elle fermait les yeux, le prenait par les épaules et posait à nouveau son front sur le sien.

— *Oh !*

Ce simple contact, peau contre peau, troisième œil contre troisième œil, leur procura le plus grand de tous les chocs ; un éclair la traversa comme si deux fils électriques se touchaient, lui envoyant une violente décharge à travers le corps.

— *Oh !* lâcha-t-elle.

C'était effrayant, d'une puissance terrifiante. Sur le moment, cela faisait même souffrir. Elle sentit une déchirure, comme si on lui arrachait quelque chose du corps, comme si on lui prélevait du sang, une douleur vitale ; quelque part, elle parvint à se souvenir de ce que lui avait dit un jour Gabriel. Que les gens avaient peur qu'il ne leur vole leur âme. C'était exactement l'impression que cela donnait.

Pourtant, en même temps, c'était fascinant ; le corps balayé des pieds à la tête, elle se sentait incapable de résister. Il fallait se rendre…

Tu voulais l'aider, se dit Kaitlyn avec ce qu'il lui restait de raison. *Alors aide-le. Donne-lui ce qu'il veut.*

Elle éprouva comme une torsion puis une explosion, et se mit à trembler violemment à son tour. Avant de s'abandonner.

Cela faisait toujours mal, mais d'une autre façon, qui en devenait presque agréable. Comme si un blocage se libérait… reculait. Kaitlyn avait déjà reçu de l'énergie psychique – Rob lui en avait transmis lorsqu'elle en avait eu besoin –, mais jamais elle n'en avait donné. Maintenant, elle sentait un torrent d'énergie s'écouler de son être vers Gabriel dans un scintillement doré, et elle le sentait qui la buvait avec délectation, le trou noir de sa pensée s'éclairant peu à peu de sa lumière.

La vie, songea-t-elle dans un vertige. C'*est la vie que je lui donne. Il en a besoin, sinon il va mourir.* Et puis : *est-ce ce que ressentent les guérisseurs ? Pas étonnant que Rob aime ça. Il n'y a rien de comparable à cette sensation.*

Néanmoins, elle ne pouvait pour ainsi dire pas y réfléchir et se contentait d'éprouver la satiété qui le gagnait peu à peu, ce besoin brûlant qui s'apaisait. Et elle ressentait sa surprise, son émerveillement.

De moins en moins animal, il redevenait Gabriel, celui qui avait tenté de la protéger du grand cristal de M. Zetes, celui qui évoquait son passé les larmes aux yeux. Celui qui, débarrassé de sa carapace, se cachait du reste du monde.

C'*est différent, comme ça.* Cette remarque lui parvint presque comme un murmure mais la frappa de plein fouet par son… intensité. Elle en percevait la gratitude étonnée.

— *Différent… fois précédentes quand je captais l'énergie… cette nuit pas comme les autres.*

Tant que l'esprit de Gabriel lui était ouvert, elle comprenait exactement ce qu'il voulait dire par là. Elle discernait la fille maigre de la veille au tatouage de licorne, elle constatait sa peur, son angoisse, son aversion.

— Elle n'était pas consentante, Gabriel. Tu l'as forcée, elle ne voulait pas t'aider, alors que moi, oui.

— Pourquoi ?

Un mot suffisait à tout expliquer, un mot à la force brutale. Elle sentit les mains de Gabriel lui étreindre les épaules lorsqu'elle projeta cette pensée. Elle avait presque oublié son corps physique, ces derniers temps, et se rendait soudain compte que tous deux s'accrochaient l'un à l'autre, sans perdre le contact du point de transfert. La fille aux cheveux ondulés, la nouvelle victime, avait été écartée sans ménagements.

— *Pourquoi ?* répéta Gabriel presque brutalement tant il guettait sa réponse.

— Parce que je tiens à toi !

La violence de la première canalisation d'énergie avait disparu, pourtant Kaitlyn la sentait encore s'écouler en lui. Mais elle distinguait aussi dans le lointain l'approche d'un certain vertige, d'une faiblesse insurmontable. Elle préféra ne pas y songer.

— Parce que j'attache de l'importance à ce qui peut t'arriver, parce que je…

Brutalement, il se détacha et elle n'eut pas le temps d'en dire davantage ; cette séparation la secoua presque autant que leur fusion. Elle rouvrit les yeux, revit le monde autour d'elle. Pourtant, elle se sentait aveugle et affreusement seule. Même la présence de Gabriel sur la toile n'était rien à côté de l'intimité d'un transfert direct d'énergie.

— *Gabriel...*

— Ça suffit ! dit-il à haute voix.

S'il ne voulait plus utiliser la transmission de pensée, c'était qu'il essayait de se réfugier à nouveau dans sa carapace.

— Je vais bien maintenant, ajouta-t-il. Tu as fait ce que tu avais à faire.

— Gabriel, souffla-t-elle mélancolique.

Instinctivement, elle voulut lui caresser le visage mais il fit un bond en arrière. Blessée, elle se mordit la lèvre.

— Arrête ! dit-il en détournant la tête. J'essaie de ne pas te faire de mal. C'est juste... tu ne te rends pas compte à quel point c'était dangereux ? J'aurais pu te vider de toutes tes forces, te tuer !

Il posa de nouveau le regard sur elle, exprimant une telle sauvagerie qu'elle en frémit.

— *J'aurais pu te tuer*, répéta-t-il avec une emphase acerbe.

— Mais tu ne l'as pas fait. Je me sens bien.

Le vertige avait disparu, ou n'était jamais venu. Au clair de la lune maintenant haut dans le ciel, le visage blanc et les yeux noirs comme jamais, Gabriel lui apparaissait d'une beauté quasi surnaturelle.

— N'oublie pas que je suis parapsycho, moi aussi, ajouta-t-elle. J'ai plus d'énergie que la plupart des gens. En tout cas assez pour la partager un peu.

— C'était quand même risqué. Et si tu me touches, tu cours le risque que je t'en prenne davantage.

— Mais tu vas bien, maintenant. Tu l'as dit toi-même, et puis je le sens. Tu n'en as plus besoin pour le moment.

Après un bref silence, il baissa les yeux avant de déclarer presque à contrecœur :

— Oui… et je… je t'en remercie.

Il avait l'air gêné : visiblement, ce n'était pas dans ses habitudes. Pourtant, quand il releva la tête, elle vit qu'il était sincère. Elle captait aussi sa gratitude quasi infantile, tellement éblouie, qui collait si mal avec sa mâchoire de loup.

Une boule dans la gorge, elle dut faire appel à toute sa volonté pour ne pas lui caresser le visage. Cependant, elle parvint à demander, d'un ton à peu près détaché :

— Gabriel, c'est le cristal ?

— Quoi ?

De nouveau, il regarda ailleurs, comme s'il estimait en avoir trop dit.

— Tu n'étais pas comme ça, avant. Tu n'avais pas besoin d'énergie avant que Monsieur Zetes ne te connecte à ce cristal. Maintenant, tu as une marque sur le front et tu as changé…

— En un vrai vampire psychique ! laissa-t-il tomber dans un rire bref. C'est ce que les gens racontaient au centre de recherche de Durham… mais qu'est-ce qu'ils en savaient ? Personne ne connaît la réalité.

— Ce n'est pas ce que je voulais dire. Je voulais dire que tu avais changé et que je l'avais remarqué. Je crois que tu es devenu… plus puissant. Tu peux te connecter à des esprits en dehors de la toile, alors qu'avant tu ne pouvais pas.

Gabriel se frottait le front d'un geste machinal.

— Ce doit être le cristal. Qui sait ? C'était peut-être le but de Zetes, de nous rendre tous esclaves de ce… besoin.

Cette idée coupa le souffle à Kaitlyn. Elle n'y avait vu jusque-là qu'un effet secondaire, une conséquence survenue accidentellement parce que le cristal avait trop consumé l'énergie de Gabriel. Mais à la pensée qu'on ait pu délibérément lui faire ça…

— C'est répugnant, non ? observa-t-il d'un ton presque dégagé. Je suis devenu quelqu'un de répugnant et il y a des chances pour que ce soit définitif, du moins, je ne vois pas pourquoi ça ne le serait pas.

En revanche, il fut blessé par l'expression d'horreur qu'elle lui opposait. Elle chercha comment le mettre à l'aise et décida d'employer la franchise.

— Au moins, on a trouvé un moyen d'y faire face. Maintenant, il faut ramener cette fille là où tu l'as trouvée. Ensuite, on racontera tout à Rob. Il ne demandera qu'à t'aider et il aura peut-être même une solution…

Elle s'interrompit dans un soupir de surprise. Alors qu'elle était en train de se relever, Gabriel la tirait vers le sol d'un coup sec, lui opposant une expression écumante de fureur.

7

— Non, gronda-t-il. On ne dit rien à Rob… rien du tout !

— Mais les autres ont le droit de savoir ! protesta Kaitlyn estomaquée.

— Sûrement pas ! Ils ne sont pas responsables de moi.

— Gabriel, ils se font du souci pour toi ! Et Rob pourrait t'aider.

— Je n'ai pas besoin de lui, lâcha-t-il d'un ton sans réplique.

Elle sentit qu'il ne servirait à rien d'insister. De son côté, il mettait les points sur les i avec un sourire désarmant :

— Bien sûr, je ne peux pas t'empêcher de leur dire. Seulement, si tu fais ça, j'arrêterai immédiatement ma participation à cette petite expédition… et à notre groupe…

— C'est bon, dit-elle en se frottant le bras. J'ai compris. Mais tu ne m'empêcheras pas de t'aider. Il faudra me dire quand tu te sentiras… comme tout à l'heure. Il faudra venir me voir au lieu de partir à la recherche de je ne sais quelle pauvre fille.

L'expression de Gabriel se figea.

— Qui t'a dit que je voulais de ton aide ? Tu crois que tu tiendras longtemps à ce rythme ? Tu crois que j'ai besoin de ta charité ? Même un parapsycho ne possède pas une énergie illimitée. Et si tu t'affaiblissais ?

C'est pour ça que je voulais en parler à Rob, songea-t-elle. Mais elle avait compris qu'il valait mieux ne pas revenir là-dessus.

— À ce moment-là, on avisera.

Elle s'efforçait de cacher sa gêne. Que feraient-ils si elle ne pouvait effectivement plus l'aider ? Il se jetterait aussitôt sur une personne ordinaire pour la vider de toute substance vitale.

J'y réfléchirai plus tard, décida-t-elle avant de revenir à son espoir initial, qui la portait depuis leur départ de l'Institut :

— Peut-être que les gens de la maisonnette blanche pourront nous aider. Peut-être qu'ils connaîtront un moyen de te guérir… d'annuler l'action du cristal.

— Si c'est le cristal, contra Gabriel avec un léger sourire. J'ai l'impression qu'on attend beaucoup de ces gens-là.

C'est parce qu'on n'a rien d'autre à quoi se raccrocher. Bien sûr, elle ne le dit pas, mais elle sut qu'il avait compris. Tous deux se comprenaient parfois très bien.

— On ramène cette fille. Elle était dans quelle voiture ?

Ils la remirent dans la Cadillac. D'après Gabriel, elle était seule, ce qui valait mieux. Ainsi, personne n'avait remarqué son absence ni appelé la police. Il ajouta qu'elle ne l'avait pas vu car il était arrivé par-derrière et l'avait endormie dès sa première pensée.

— Il semble que je développe de nouveaux dons d'une heure à l'autre, ajouta-t-il avec autodérision.

Ce qui ne fit pas du tout rire Kaitlyn ; néanmoins, elle se sentait quelque peu soulagée. La fille croirait s'être endormie et s'en irait sans savoir ce qui lui était arrivé. Du moins était-ce l'espoir de Kaitlyn.

— Tu ferais mieux de remonter dans le van avec nous tous, dit-elle à Gabriel. Tu as besoin de sommeil.

Il n'y opposa pas d'objection et, quelques minutes plus tard, il s'allongeait sur le siège avant tandis que Kaitlyn allait se glisser à l'arrière. *Moi aussi, j'ai besoin de sommeil*, songea-t-elle en se blottissant avec gratitude contre Rob. *Et, pitié, pas de rêve !*

En se réveillant, elle constata qu'il faisait jour. Rob s'était assis et, autour d'elle, les autres s'étiraient en bâillant.

— Tout le monde va bien ? demanda Rob.

Ses cheveux blonds en bataille lui donnaient un air terriblement jeune et vulnérable, surtout quand on comparait l'ambre de ses yeux avec le gris sombre de ceux de Gabriel...

— Un peu ankylosé, marmonna Lewis à l'avant en se frottant les épaules.

Kaitlyn elle-même se sentait assez engourdie et elle vit que Gabriel s'étirait longuement.

— Ça ira, dit Anna en se levant.

Elle tira la porte latérale et sauta souplement dehors.

— J'ai l'impression d'avoir avalé une pelote de laine, dit Rob en se passant la langue sur les dents. Est-ce que quelqu'un...

— *Oh, mon Dieu, qu'est-ce que c'est que ça ?*

L'exclamation provenait de l'extérieur, d'Anna. Tous quatre interrompirent aussitôt ce qu'ils faisaient pour se précipiter vers la porte.

— *Qu'est-ce qu'il y a, Anna !* songea Kaitlyn avant de sortir.

— *Je n'ai jamais rien vu de semblable.*

Le van était entièrement recouvert de rubans scintillants, comme si on y avait peint de rutilantes lignes, jusque sur les fenêtres. Dans le matin frisquet, ces centaines de bandes aux couleurs arc-en-ciel se croisaient et s'entrecroisaient. En fait, ce n'était pas beau, Kaitlyn éprouva même une sorte de révulsion car, en y regardant de plus près, c'était collant, visqueux… comme du mucus…

— Des traînées de limaces ! s'exclama Rob en attirant Kaitlyn pour qu'elle ne les touche pas.

Elle en eut l'estomac retourné. Heureusement qu'ils n'avaient pas trop dîné, la veille au soir !

— Mais ce n'est pas possible ! lança Gabriel furieux. Regardez autour de vous. Il n'y en a nulle part ailleurs.

— En plus, observa Kaitlyn, je n'ai jamais vu de limace assez grosse pour laisser une traînée pareille.

— Moi si, à la télé, dit Lewis.

— Et moi, quand j'étais petite, dit Anna. Dans le détroit de Puget, on appelait ça des limaces bananes. Il y a des gens qui les mangent.

— Hum, ça donne envie ! marmonna Kaitlyn.

— Comment elles ont pu venir jusqu'ici ? demanda Gabriel d'un ton agressif. Et pourquoi il n'y en a pas sur les autres voitures ?

Il désigna une Buick grise garée non loin d'eux, dont les occupants, un couple d'un certain âge, les regardaient avec curiosité.

— Laisse-les, dit Rob, ils n'en savent rien.

— C'est sûr ?

Rob lui décocha un regard de feu avant de se retourner vers le van en secouant la tête d'un air pensif.

— Ça pourrait…

— Quoi ? demanda Kaitlyn.

— Non, rien…

Il lui décocha un demi-sourire, l'air de dire qu'elle n'était pas la seule à pouvoir cacher des choses sur la toile.

Quelle bourrique malgré sa tête d'ange ! songea-t-elle.

— On s'en va ! lança-t-il l'air ravi. On n'a qu'à s'arrêter à la prochaine station-service pour la laver.

Jusque-là, Kaitlyn avait oublié son rêve sur les petits hommes gris ; l'épisode avec Gabriel l'avait balayé au fond de son subconscient. Soudain, il lui revenait et elle considérait le véhicule d'un air perplexe.

— Attention ! s'écria Lewis. Les flics !

Une voiture de police entrait lentement sur l'aire de repos. Kaitlyn sentit son cœur battre et elle suivit les autres à l'intérieur du van.

— *Baissez la tête et restez calmes*, leur dit Rob. *On fait comme si on était en train de discuter.*

— Pour ce que ça va changer ! grommela Gabriel.

La voiture les dépassa et Kaitlyn ne put s'empêcher de regarder à l'intérieur. Une femme en uniforme se tenait sur le siège passager, la tête tournée vers elle. Elles échangèrent un regard.

Kaitlyn en eut le souffle coupé. Pourvu que sa physionomie ne trahisse rien ! Si cette agent devinait sa terreur…

La voiture ne s'arrêta pas.

— *Il faudrait y aller*, dit Kaitlyn tremblante. *L'air tranquille, mine de rien…*

Déjà, Rob se glissait au volant. Elle avait encore peur que les flics ne reviennent sur leurs pas, ou ne les suivent sur l'autoroute. Mais ils s'arrêtèrent un peu plus loin. À hauteur de la Cadillac.

Kaitlyn s'efforça de chasser les souvenirs qui affluèrent aussitôt. Elle n'osa regarder Gabriel ni même se demander si la fille avait remarqué quoi que ce soit.

— Plus de peur que de mal, dit Lewis lorsqu'ils se retrouvèrent sur l'autoroute 5. C'est bon, maintenant.

Ils s'arrêtèrent à la première station-service pour un nettoyage automatique et Kaitlyn paya un petit déjeuner à tous : des burritos et du café au McDonald's voisin, parce que plus personne ne voulait entendre parler de beurre de cacahuète, ce matin.

Ils s'étaient lavés en même temps que la voiture, expérience qu'elle n'était pas certaine de vouloir reproduire.

— Maintenant, dit Rob quand ils repartirent, il faudrait rejoindre la côte.

— On a le choix, indiqua Lewis en consultant la carte. Il y a une route qui traverse la forêt nationale de Siskiyou, sinon, une autoroute un peu plus au nord.

Après une courte discussion, ils optèrent pour l'autoroute. Comme le dit Anna, la maisonnette blanche semblait entourée d'arbres mais elle ne se trouvait pas non plus au cœur d'une forêt. C'était un endroit où l'océan s'infiltrait entre deux langues de terre boisée.

— Un endroit appelé Griffin's Pit, ajouta Lewis en plissant les yeux vers Kait.

— On devrait peut-être se renseigner, dit Rob. Ça pourrait dire quelque chose aux gens du pays.

— On aura sans doute trouvé avant, dit Kaitlyn pleine d'espoir.

Mais, à Coos Bay, où les avait amenés l'autoroute, elle déchanta :

— Pas assez au nord, décréta-t-elle.

Anna approuva d'un mouvement de la tête résigné. Ils se tenaient tous devant le véhicule, à regarder l'océan, vaste, bleu et brillant… pas les bonnes couleurs.

— C'est beaucoup trop civilisé, observa Anna en désignant un gros cargo qui entrait dans la baie. Vous voyez ? Il déverse des cochonneries dans la mer, du pétrole, de l'essence ou je ne sais quoi. L'eau qu'on a vue paraissait propre.

— Paraissait propre, souligna Gabriel goguenard.

— Oui, dit Kaitlyn. Et puis, regardez ces dunes. Quelqu'un a vu du sable dans le rêve ?

— Non, soupira Rob. Bon, retour au van.

— On ne peut pas déjeuner d'abord ? implora Lewis.

— On déjeune en roulant, décréta Rob.

À bord, Kaitlyn prépara des sandwichs au beurre de cacahuète qu'elle distribua à tout le monde. Ils mangèrent d'un air morne en regardant défiler le paysage. L'Oregon ne les inspirait pas beaucoup plus que le menu.

— Du sable, du sable, du sable, marmonna Lewis au bout d'une demi-heure. Je n'aurais jamais cru qu'il y avait tant de sable sur terre !

Les dunes se succédaient les unes aux autres, parfois si hautes qu'elles leur cachaient la vue sur le Pacifique.

— C'est affreux ! geignit Kaitlyn.

Elle venait d'apercevoir quelques arbres morts qui émergeaient péniblement de l'étendue jaunâtre, comme si ce désert avait englouti et digéré toute une forêt.

— Il y a même des vautours qui font des cercles, là-haut, observa Lewis.

— C'est un balbuzard, rectifia Anna presque sèchement.

Kaitlyn lui jeta un regard surpris mais ne fit aucun commentaire. Elle se sentait déprimée sans savoir si cela provenait des dunes, de la perspective d'un voyage qui n'en finissait pas vers une destination inconnue, ou des sandwichs au beurre de cacahuète.

Un silence oppressant pesa un moment dans l'habitacle, annonciateur d'une chose sur laquelle Kaitlyn ne pouvait mettre le doigt, mais…

— Allez ! lança-t-elle soudain à mi-voix. On se réveille. Ce n'est jamais que le deuxième jour !

Elle chercha quelque chose d'intéressant à leur raconter pour les distraire et finit par trouver un sujet certes intéressant mais dangereux. Enfin… qui ne risque rien n'a rien…

— Allez, Lewis, parle-nous du *qi* : je me demande combien on peut se permettre d'en perdre avant de tomber malade ?

Elle vit Gabriel se figer quelque peu à l'avant.

— Euh… dit Lewis. Ça dépend. Il y a des gens qui en ont beaucoup… qui en recréent au fur et à mesure qu'ils le dépensent. Quand on est en bonne santé, c'est ce qui se passe, ça circule sans aucun obstacle à travers les canaux subtils.

— À travers quoi ? coupa Kaitlyn en riant.

— Les canaux subtils. C'était comme ça que mon grand-père appelait certaines artères à travers lesquelles passe le *qi*. C'était un maître de *qi gong*, l'art de manipuler le *qi*, un peu comme ce que fait Rob quand il guérit.

Gabriel avait ostensiblement détourné la tête de Kaitlyn, comme excédé par ce discours. Incapable de le rassurer, elle préféra ne pas en tenir compte.

— C'est un peu comme le sang, observa-t-elle à l'adresse de Lewis. Si tu en perds, tu le reconstitues.

— Au Moyen Âge, les gens pensaient que c'était le sang, l'énergie vitale, expliqua Rob, au volant. Ils estimaient que certaines personnes en avaient trop et c'était pour ça qu'ils leur posaient des sangsues. Ils croyaient que drainer un peu de sang ferait diminuer la tension et leur éclaircirait le système. Évidemment, ils avaient tort…

Ce disant, il jeta un coup d'œil par-dessus son épaule et Kait eut l'impression qu'il les regardait plus particulièrement Gabriel et elle. Elle s'en alarma car Rob n'était pas complètement idiot. Alors, s'il devinait… ?

Gabriel bouillonnait d'une colère froide.

— Intéressant, balbutia-t-elle.

Il lui fallait trouver un sujet passe-partout pour oublier tout cela. Même le silence ferait l'affaire… mais Rob reprenait la parole :

— Il y a des gens qui prétendent que c'est de là que proviennent les légendes sur les vampires. À cause de ces parapsychos qui vidaient leurs victimes de toute énergie vitale, *sekhem*, *qi* ou ce que vous voudrez, et qui est devenue du sang par déformation.

Kaitlyn n'osait plus bouger d'un pouce, interdite, non pas tant par ce que Rob disait que par la façon dont il le disait. Avec un dégoût, un mépris qui envahissaient toute la toile.

— Moi aussi, j'ai entendu des légendes là-dessus, dit Anna d'un ton aussi rebuté, sur ces immondes chamans qui vivent en volant la vigueur des autres.

— C'est écœurant, dit Lewis. Si un maître de *qi gong* faisait ça, il serait banni pour avoir trahi le tao.

Leur aversion circulait sur la toile, se répercutant par vagues vers Kaitlyn. Dans le lointain, elle sentait la présence pétrifiée de Gabriel.

Pas étonnant qu'il n'ait rien voulu leur dire, songea-t-elle. À cet instant, ses compagnons ne risquaient pas d'intercepter ses pensées, trop occupés à dénoncer une pratique qui les horrifiait. *Ils ne comprendraient pas. Ils trouvent ça épouvantable, c'est tout.*

Elle aurait voulu pouvoir s'excuser auprès de Gabriel, mais il regardait par la fenêtre, la nuque raide.

Au grand soulagement de Kaitlyn, Lewis changea de sujet :

— Et, bien sûr, il existe des gens qui possèdent trop d'énergie. Vous savez, par exemple ceux avec qui on est toujours d'accord sans même savoir pourquoi. Ceux sous le charme de qui on tombe... dont l'énergie nous assomme littéralement.

Rob lui jeta un regard innocent dans le rétroviseur.

— Si je vois quelqu'un comme ça, je te le dirai, promit-il. Ça m'a l'air dangereux.

— Plutôt, oui. Tu risques de te retrouver à faire des choses dingues sans savoir pourquoi.

Au ton de Lewis, on devinait qu'il ne mettait aucune arrière-pensée dans sa remarque. Si Kaitlyn était contente qu'ils ne parlent plus de vampires, elle ne se sentit pas rassurée une fois le silence revenu. *Il y a quelque chose qui ne fonctionne pas chez nous.*

L'atmosphère resta lourde un bon moment alors qu'ils continuaient de longer la côte, et puis les dunes firent place à ces caps de basalte noir entourés d'étranges monolithes rocheux sur lesquels venaient s'écraser d'énormes vagues.

Ils dépassèrent une profonde fissure dans les falaises où bouillonnaient les eaux mousseuses.

— La marmite du diable, annonça Lewis d'un ton lugubre.

Nouveau silence. Ils virent quelques îles au large, mais seulement habitées par des goélands et autres oiseaux. Pas d'arbres, pas de maisonnette blanche. Kaitlyn frissonna de nouveau.

— On ne trouvera jamais, dit Lewis.

Cela lui ressemblait si peu qu'elle lui jeta un regard surpris, mais Anna rétorqua d'un ton sec :

— J'aimerais bien que tu sois moins pessimiste. Ou alors, tu gardes tes opinions pour toi !

Kaitlyn en resta bouche bée et eut envie de prendre la défense du garçon :

— Pas la peine d'être aussi désagréable ! Ce n'est pas parce que tu es si… stoïque à longueur de journée…

Elle s'interrompit net et faillit se mordre la langue. Qu'est-ce qui lui prenait de dire ça ? Son amie lui jeta un regard blessé et Lewis se renfrogna :

— Je suis capable de me défendre tout seul. Pas la peine de t'en mêler.

— C'est une si bonne âme ! commenta Gabriel à l'avant.

— Et toi, tu es froid comme un serpent ! explosa-t-elle.

Ce qui lui valut un immense sourire de l'intéressé.

— Là, elle n'a pas tort, se mêla Rob. Et toi, Lewis, boucle-la s'il te reste un peu de jugeote.

Le van roulait au petit bonheur, Rob ne regardait plus la route mais son voisin.

— Vous êtes monstrueux ! geignit Anna au bord des larmes. J'en ai ras le bol de vous tous ! Déposez-moi là, j'arrête les frais.

Rob freina dans un hurlement de pneus. Un Klaxon retentit derrière eux.

— Vas-y ! lança-t-il. Descends !

8

— Allez ! insista Rob. Tu nous fais perdre notre temps, là !

Le Klaxon retentit de nouveau.

Anna se leva d'un mouvement beaucoup plus lourd qu'à son habitude, se déplaça d'un pas brusque, débordant de vigueur réprimée. Elle attrapa son sac à dos et ouvrit la portière latérale, à côté de Kaitlyn qui restait figée, sur la défensive. *Qu'Anna s'en aille puisqu'elle y tient tant.* Ce qui prouvait à quel point elle s'était toujours moquée d'eux.

Ridicule.

Cette idée surgit de nulle part, telle une petite lueur qui s'allumait dans son esprit, puis disparaissait. Mais assez pour frapper Kaitlyn.

Ridicule… bien sûr qu'Anna tenait à eux ! Elle se préoccupait de tout et de tous, de la terre aux humains, en passant par les animaux, elle aimait tout ce qui croisait son chemin. Dans ce cas, pourquoi Kaitlyn lui en voulait-elle tant, soudain ? Elle en ressentait les symptômes physiques : le cœur palpitant, le souffle coupé, les joues en feu, les tempes battantes. Par-dessus tout, elle avait une envie folle de détendre ses muscles, de frapper sur quelque chose.

Symptômes physiques. Nouvel indice qui lui mit la puce à l'oreille. D'un seul coup, elle comprit.

— Anna, attends. Attends ! s'écria-t-elle juste au moment où celle-ci ouvrait la portière.

Elle s'était efforcée de garder un ton calme alors qu'elle était prise d'une véritable panique.

Anna s'arrêta mais ne se retourna pas.

— Tu ne vois pas ? Vous ne voyez pas, tous ? Ce n'est pas vrai ! On n'est pas dans la réalité ! On est tous en colère les uns contre les autres, alors on se persuade qu'il y a une bonne raison à ça.

— Ça doit être les nerfs, railla Gabriel l'œil féroce. Comme si on pouvait se détester, quelle drôle d'idée !

— Non ! Je ne sais pas d'où ça vient mais…

Elle s'interrompit en prenant conscience qu'outre les autres symptômes physiques, elle tremblait. Il faisait si froid, dans le van ! Et cela ne venait pas du seul fait que la portière était ouverte. Il y avait aussi cette étrange odeur, une véritable puanteur qui lui montait aux narines…

— Vous sentez ça ? La même odeur qu'hier quand Lewis a fait sa crise de somnambulisme. Et il fait presque aussi froid !

Elle vit les physionomies changer autour d'elle et se tourna vers celui en qui elle avait une confiance absolue.

— *Rob*, pria-t-elle avec ferveur, *je t'en prie, écoute-moi ! Je sais que c'est difficile parce que tu es en colère, mais essaie. Il se passe quelque chose d'anormal.*

Elle vit son visage s'éclaircir peu à peu, la fureur quitter ses yeux d'ambre pour n'y laisser qu'une expression étonnée. Il cligna des paupières, porta une main à son front.

— Tu as raison ! reconnut-il. On dirait une de ces expériences psychologiques : tu fais une injection d'adrénaline à quelqu'un, ensuite tu l'enfermes dans une salle avec quelqu'un d'autre qui joue les mecs furieux. La première personne s'emporte presque aussitôt, alors qu'elle n'a aucune raison d'éprouver de la colère. On la lui a juste inoculée.

— C'est exactement ce qui nous arrive.

— Mais comment ? demanda Lewis qui luttait visiblement contre un reste d'irritation. Personne ne nous a fait de piqûre.

— À distance, expliqua Rob d'un ton raisonnable. C'est une attaque psychique.

Dehors, le Klaxon avait provoqué les protestations continues d'autres automobilistes.

— Ferme cette portière, Anna, reprit Rob. Je vais chercher un endroit où nous garer. Il y a quelque chose que j'aurais dû vous dire depuis longtemps.

Anna obtempéra et, quelques minutes plus tard, le van stationnait sur le bas-côté de la route. Rob se tourna paisiblement vers ses compagnons.

— J'aurais dû vous dire ça ce matin, commença-t-il. Mais je n'étais pas sûr et je ne voulais pas vous inquiéter. Ces traînées de limaces... à Durham, j'avais entendu dire que des gens en trouvaient sur leur voiture le matin, ou aussi des empreintes de pas d'animaux ou même d'humains ; en général, ils avaient eu d'horribles cauchemars la nuit précédente.

Des cauchemars. Cela revint à Kaitlyn :

— J'en ai fait un affreux, cette nuit. De drôles de petits personnages gris penchés sur moi, on aurait dit des dessins au crayon. Et il faisait si froid... comme tout à l'heure. Rob, qu'est-ce qui se passe ?

— Il paraît que ce sont des signes d'attaque psychique.

— Une attaque psychique, répéta Gabriel d'un ton nettement moins sarcastique qu'à son habitude.

— Dans les histoires qu'on nous racontait, il était question de parapsychos capables d'agir à distance, même de longues distances. Ils pouvaient vous visualiser et faire appel à la psychokinésie, à la télépathie et même à la projection astrale. Alors, Kait, ces petits hommes gris que tu as vus… j'ai entendu dire que les projections astrales étaient incolores.

— La projection astrale… comme quand tu laisses ton esprit sortir de ton corps ? demanda Lewis.

L'atmosphère avait changé ; la toile ne vibrait plus d'animosité. À croire que tout le monde avait retrouvé son vrai tempérament.

— C'est ça, acquiesça Rob. Et j'ai entendu dire que les attaques psychiques affaiblissaient et inquiétaient au point de croire qu'on devient fou.

— C'était exactement mon impression tout à l'heure, admit Anna les yeux encore brillants de larmes. Excusez-moi, tous.

— Excusez-moi aussi, renchérit Kaitlyn.

Les deux filles échangèrent un regard contrit avant de se jeter dans les bras l'une de l'autre.

— Bon, je vois que tout le monde regrette beaucoup, lança Gabriel impatienté. Mais on a plus important à penser. Si on a subi une attaque psychique, ça veut dire qu'on a été repérés.

— M. Zetes, dit Rob.

— Qui d'autre ? Maintenant, reste à savoir à qui il s'est adressé pour ça, qui sont ces parapsychos qui nous attaquent.

Kaitlyn essaya de visualiser les visages aperçus dans son rêve mais c'était impossible, leurs traits étaient trop flous.

— M. Zetes a beaucoup de contacts, dit Rob d'un ton las. On dirait qu'il s'est fait de nouveaux amis.

— Mais comment peut-il en avoir trouvé si vite de si puissants ? interrogea Anna. Je veux dire, on ne pourrait pas faire ce qu'ils ont fait, or, je croyais qu'on était les meilleurs !

— Les meilleurs… pour notre âge, corrigea Rob.

— Le cristal, intervint Kaitlyn.

— C'est ça ! renchérit Rob. Le cristal amplifie leurs pouvoirs.

— Mais c'est dangereux…

D'un regard menaçant, Gabriel empêcha Kaitlyn d'en dire davantage. Rob était trop plongé dans ses pensées pour s'en apercevoir.

— Apparemment, ça ne les dérange pas et, tant qu'ils utiliseront le cristal, ils seront beaucoup plus forts que nous. On doit se préparer. Ils ne s'en tiendront certainement pas là et les prochaines attaques risquent d'être bien pires. On doit être prêts à tout.

— Mais comment ? demanda Lewis. Qu'est-ce qu'on peut faire contre ce genre d'attaque ?

— Au centre de Durham, j'ai entendu des gens parler de lumière clairvoyante ou protectrice…

L'ennui, c'est que je n'y ai jamais vraiment fait attention. Je ne sais pas comment ça se passe.

Un sentiment d'insécurité s'installa parmi le groupe et le silence retomba. Ce fut Kait qui finit par le briser :

— Je pense qu'on ferait mieux de reprendre la route. Ça ne sert à rien de rester là à réfléchir.

— Non, mais maintenant on fait tous attention au moindre détail, dit Rob.

Rien d'anormal ne se produisit plus durant le trajet. Anna prit le volant et ils se remirent à examiner les côtes et les plages ; mais rien de ce qu'ils voyaient ne ressemblait de près ou de loin à leur rêve. La roche était trop noire, volcanique, et la haute mer, trop visible.

— Et puis, on n'est pas encore assez au nord, dit Kait.

Ils s'arrêtèrent pour la nuit dans une petite ville du nom de Cannon Beach, juste avant la frontière de l'État de Washington. Il faisait déjà noir lorsque Anna se gara dans une rue tranquille qui aboutissait directement sur la plage.

— Ce n'est peut-être pas légal, exposa-t-elle, mais je ne crois pas qu'on viendra nous déranger. D'ailleurs, je n'ai vu personne dans les parages.

— C'est une ville de vacances, dit Rob, certainement à moitié vide en cette saison.

Kaitlyn voulait bien le croire, avec ce ciel couvert et ce vent froid…

— J'ai vu un petit magasin allumé dans l'avenue principale, annonça-t-elle. On va devoir acheter de quoi dîner. On a fini le pain et le beurre de cacahuète au déjeuner.

— J'y vais, dit Anna. Le froid ne me fait pas peur.

— Je t'accompagne, dit Rob.

Après leur départ, Kaitlyn se prit à regretter que Lewis n'y soit pas allé, lui aussi. Elle s'inquiétait pour Gabriel qui lui semblait tendu et distant, la tête tournée vers la fenêtre. Sur la toile, elle ne percevait que froid et carapace, comme s'il s'était enfermé dans un palais de glace.

Elle se demandait s'il souffrait et ce qu'elle pourrait faire pour l'aider. D'autant qu'elle avait remarqué autre chose : il était toujours assis à l'avant. Tous les autres changeaient de place de temps en temps, lui jamais.

Autrefois, j'étais toujours malade à l'arrière. Et si lui…

Elle avait appris à masquer ses pensées en se concentrant. Ni Gabriel ni Lewis ne parurent l'avoir entendue.

Rob et Anna revinrent dans un tourbillon d'éclats de rire, des paquets serrés contre la poitrine.

— On a fait des folies, dit Rob : des hot dogs passés au micro-ondes, tout chauds, et des chips.

— Et des Oreo ! ajouta Anna en chassant les cheveux que le vent lui avait envoyés dans la figure.

— De la pure malbouffe ! s'extasia Lewis. Joyce serait folle !

Un silence gêné s'ensuivit. *On n'arrive pas encore à croire qu'elle nous ait trahis*, songea Kaitlyn. *Comment a-t-elle pu ?*

— Elle était tellement... vivante, commenta Anna. Effervescente. Énergique. Je l'ai tout de suite trouvée sympa.

— Justement, elle en profitait, observa Gabriel. C'était le meilleur moyen pour nous recruter.

Il est à bout de nerfs, constata Kaitlyn en le regardant mordre férocement dans son hot dog.

— Tu avais faim, observa-t-elle d'un ton neutre.

— On en a pris deux par personne et deux en rab, précisa Anna. Si tu veux en profiter, Gabriel...

Il refusa d'un geste agacé et ses yeux gris se posèrent sur Kaitlyn comme pour la faire taire. Elle se pencha vers lui en faisant mine d'atteindre un sachet de chips, lui glissa à mi-voix :

— Je voudrais t'aider.

— *Tu m'aideras beaucoup si tu me lâches.*

Cette remarque brutale ne s'adressait qu'à elle, personne d'autre ne l'avait entendue. Ainsi, il n'avait aucune intention de se confier à elle ; pourtant, il en avait visiblement besoin, plus blême que jamais, les gestes brusques comme s'il réprimait sa violence, comme s'il risquait d'exploser à chaque instant. Mais elle savait qu'il ne lui demanderait pas d'aide. Gabriel n'était pas du genre à demander, il savait seulement prendre.

Oui, mais moi aussi, je suis têtue, songea-t-elle. *Je ne te laisserai pas te tuer, ni toi ni personne d'autre.*

Gabriel attendit qu'ils dorment tous.

Kaitlyn avait été la dernière à succomber, refusant de se laisser engourdir par le chauffage qu'ils avaient laissé tourner un bon moment. Il avait senti la lumière rougeoyante de ses pensées courir encore quand tous étaient plongés dans le calme et le silence. Elle essayait de résister au sommeil mais n'y parvint pas. Quand il le fallait, Gabriel savait se montrer d'une patience à toute épreuve.

Lorsqu'il la sentit glisser dans les brumes du sommeil, il ouvrit discrètement la portière, se glissa audehors et referma sans bruit. Après quoi, il attendit un peu afin de vérifier que rien ne bougeait dans le van.

Tout dormait. Bon.

À ces latitudes, le vent mordait cruellement. Ce n'était pas le genre de nuit où une personne normale avait envie de se promener. Ce qui posait un indéniable problème, songea-t-il en enfonçant ses pieds dans le sable sec, longeant les villas et les appartements qui entouraient quelques hôtels. Il fallait bien que certaines de ces habitations soient occupées, même en cette saison.

Jamais encore il n'était entré par effraction dans une maison. Dans un sens, cela lui semblait plus grave que de choisir une victime au hasard dans la rue.

Mais il n'avait pas le choix, à moins de se rabattre sur Kaitlyn. Cette idée le fit sourire. Certes, il prenait un véritable plaisir à communiquer avec cette fille chaleureuse, intelligente et pleine de bonne volonté. Son énergie vitale créait autour d'elle une aura rouge rubis où contrastaient les zones bleues et les météores scintillants de son esprit. Toute la journée, il avait été tenté de recréer un contact avec elle, de s'y désaltérer enfin.

Il fallait être complètement fou pour repousser l'aide qu'elle lui avait offerte avec une telle résolution.

C'est alors qu'il aperçut une fenêtre allumée.

Kait se réveilla en pestant contre elle-même. Elle avait pourtant décidé de ne pas s'endormir. Bien entendu, Gabriel en avait profité pour s'esquiver.

Quelle idiote !

Elle savait maintenant se dégager des bras de Rob sans le réveiller et elle s'éclipsa en douce.

Cependant, elle étouffa un cri en sautant au-dehors, tant le vent lui parut glacial. Elle aurait dû prendre une veste, mais c'était trop tard. La tête baissée, les bras croisés, elle se mit à chercher mentalement. L'entraînement aidant, il lui était plus facile de retrouver la trace de l'esprit de Gabriel, qui lui apparut comme une ligne bleu clair devant ses pas. Elle entreprit de la suivre.

Ce n'était pas facile de marcher dans le sable contre le vent. Lorsque la lune apparut, elle s'accompagnait de filaments blancs comme des fantômes flottant dans le ciel, au-dessus d'un roc de la forme d'une botte de foin, plutôt incongru en pleine mer.

Drôle d'endroit. Kaitlyn tâchait de ne pas penser aux attaques psychiques ni à M. Zetes. Quelle folie d'être sortie ainsi, mais que pouvait-elle faire d'autre ?

Les vagues s'écrasaient à proximité, dégageant de fortes odeurs iodées ; elle dut faire un écart pour éviter des souches échouées et se tourna d'un coup. Là. Gabriel était tout près, elle le sentait.

Alors elle l'aperçut, en ombre chinoise devant une vitre éclairée. Prise d'inquiétude, elle comprit ce qu'il comptait faire…

— *Gabriel !*

Elle n'avait pas fait exprès de l'appeler, c'était l'affolement qui avait parlé. Les battements de son cœur s'accélérèrent quand elle s'aperçut qu'elle ne pouvait plus atteindre Rob ni les autres.

En revanche, Gabriel fit volte-face.

— *Qu'est-ce que tu fiches ici ?*

— *Et toi ? Qu'est-ce que tu as fait, Gabriel ?*

Il marqua une hésitation puis s'écarta brusquement de la fenêtre pour venir à grands pas vers elle, et Kaitlyn en fit autant vers lui. Il l'entraîna sous un auvent.

— Je ne peux pas sortir faire un tour sans être suivi ? lâcha-t-il hargneusement.

Elle s'accorda un instant avant de répondre, lissant ses cheveux malmenés par le vent, tentant de reprendre son souffle.

Il avait le visage à demi éclairé par un lampadaire mais cela suffisait pour deviner son expression tendue, les cernes autour de ses yeux et cette expression… cette façon qu'il avait de la contempler, les paupières plissées, les lèvres serrées.

Il était à bout. Et, non, il n'avait pas encore pénétré dans cette villa.

— C'est ce que tu faisais ? insista-t-elle. Juste un tour ?

— Oui. J'ai besoin de m'échapper un peu, figure-toi. Je ne supporte plus d'avoir l'esprit envahi par les idées de Kessler.

— Donc, tu cherches à t'isoler. Et tu trouves que c'est le bon moment pour se balader.

— Exactement.

Kait s'approcha de lui malgré son expression grimaçante.

— En pleine nuit ? Dans ce froid glacial ?

Il paraissait dangereux, maintenant. Comme un loup traqué.

— C'est ça. Alors sois gentille, maintenant, retourne là-bas.

Elle s'approcha encore, au point de sentir sa chaleur, mais aussi la tension de son corps, d'entendre son souffle court.

— Je ne suis pas gentille. Demande à ceux qui me connaissent. Alors, comme ça, tu traînais autour de cette villa par hasard ?

— D'après toi ? demanda-t-il les dents serrées.

— J'aurais cru que tu cherchais quelque chose.

— Je n'ai besoin de rien ni de personne !

Elle avait réussi à le faire reculer et il ne s'arrêta que lorsqu'il buta contre un muret. Elle ne lui laissa aucune chance de s'échapper, ce qui était plutôt risqué quand on le sentait sur le point d'exploser, quand on le savait capable de violence. Cependant, elle refusait de penser au danger, tout ce qu'elle voyait, c'était la souffrance dans son regard.

Cette fois, elle était proche à l'en toucher. Prudemment mais délibérément, elle posa la main sur son torse, sentit le galop effréné de son cœur.

Les yeux dans ses yeux, elle murmura :

— Je crois que tu mens.

9

Quelque chose se brisa dans le regard de Gabriel. Il attrapa Kaitlyn par une épaule, lui tournant la tête de côté de l'autre main.

Prise d'une terreur indicible, elle parvint cependant à ne pas réagir, serrant seulement les doigts sur la chemise qu'il portait.

Elle le sentit alors poser les lèvres sur sa nuque, perçut d'abord une piqûre comme si une dent venait de lui percer la moelle épinière. Les vampires… Elle savait qu'il ne faisait qu'ouvrir un point de transfert, mais elle avait l'impression d'avoir un trou dans la peau. Il lui était facile de comprendre d'où provenait la légende des vampires.

Dès que la souffrance eut disparu, remplacée par une saccade qui lui donna la sensation que quelque chose en elle était arraché à la racine, elle perçut sa propre résistance qui ne dura pas longtemps ; alors l'énergie jaillit comme un ruisseau et Kaitlyn éprouva une onde de plaisir.

Ça va bien se passer, se dit-elle sans chercher à savoir si elle parlait à Gabriel ou à elle-même. L'expérience de ce soir avait quelque chose d'effrayant, comme si elle manipulait des fils électriques à nu. Mais elle refusait de s'alarmer.

— *J'ai confiance en toi, Gabriel.*

Une fois encore, elle perçut sa gratitude, son soulagement d'être enfin rassasié.

— *J'ai confiance en toi.*

L'énergie se déversait encore et Kaitlyn avait l'impression d'être nettoyée, le corps allégé, au point de ne plus sentir son poids sur le sol. Elle se détendit dans les bras de Gabriel, se laissant porter.

— *Merci.*

Cela ne venait pas de Kaitlyn et, comme il n'y avait personne d'autre dans les parages, ce devait bien être de Gabriel. Pas de colère ni d'ironie, juste une appréciation sincère.

D'un seul coup, le courant se brisa. Gabriel la lâcha et releva la tête. Prise de vertige, elle s'accrocha à lui et sentit son souffle ralentir.

— J'ai fini, dit-il, lui aussi essoufflé.

Il se sentait rassasié… ou presque.

Elle se détacha de lui, recula, sans le regarder.

— Tu… tu en es sûr ? Tu te sens mieux ?

Elle préférait parler car c'était trop intime de passer par le canal mental. Et puis elle avait fini par comprendre qu'elle courait un tout autre danger. En se rapprochant ainsi de Gabriel, en lui donnant tellement, en se réjouissant de sa joie, elle avait créé un lien auquel même la toile ne pouvait se comparer. Et qui cassait la carapace de Gabriel… à nouveau.

Ce qui était profondément injuste dans la mesure où, de son côté à elle, cela ne venait que d'un élan d'affection. *Ça n'a rien à voir avec ce que je ressens pour Rob. Ce n'est pas… de l'amour.*

Elle sentait le regard de Gabriel peser sur elle, jusqu'au moment où elle perçut un changement indéfinissable, comme s'il se redressait mentalement.

— On doit y aller, dit-il sans répondre à sa question.

— Gabriel…

— Avant qu'ils s'aperçoivent de quelque chose.

Là-dessus, il se détourna et partit dans la nuit.

Néanmoins, au bout de quelques pas, il l'attendit et resta près d'elle tant qu'ils marchèrent sur la plage. Kaitlyn ne disait plus rien. Tout ce qui lui venait à l'esprit risquait seulement d'aggraver la situation. Dès qu'ils arrivèrent en vue du van, elle comprit que quelque chose n'allait pas.

D'abord, l'habitacle était allumé, mais c'était trop fort pour venir du plafonnier et trop blanc pour un incendie, Dieu merci. En fait, la lueur semblait plutôt opaque, donnant l'impression d'un brouillard phosphorescent.

Une peur viscérale s'empara de Kaitlyn.

— Qu'est-ce que c'est que ça ?

Gabriel lui barra la route.

— Reste ici.

Il courut vers le véhicule, mais elle le suivit et lui tint la porte quand il entra. C'était bien une brume qui avait envahi l'intérieur du véhicule, cependant Kaitlyn parvint à distinguer Lewis à l'avant, Anna blottie sur la banquette centrale, tous deux plongés dans un sommeil agité. Le garçon grimaçait et gigotait comme pour échapper à quelque chose. Quant à Anna, ses cheveux épars lui masquaient le visage, mais elle se contorsionnait, une main crispée comme une griffe.

— Anna ! souffla Kaitlyn en se précipitant vers elle.

La jeune fille laissa échapper un gémissement mais ne s'éveilla pas.

Kaitlyn se tourna alors vers Rob en l'appelant lui aussi. Étendu sur le dos, il se débattait contre un ennemi invisible, l'air de souffrir atrocement. Elle s'agenouilla, l'appela mentalement. En vain.

En se redressant, elle voulut vérifier où en était Gabriel avec Lewis, et se figea.

Les petits hommes gris étaient là.

Ils se balançaient dans l'air, entre elle et le pare-brise. Le siège de Lewis se distinguait à travers leur corps.

— C'est une attaque ! cria Gabriel.

Kaitlyn chancelait, au bord de la syncope. C'était la toile… elle captait les rêves de ses trois compagnons. Il allait falloir agir vite, avant que Gabriel et elle ne s'y laissent prendre à leur tour.

— Visualise la lumière ! cria-t-elle. Tu te rappelles ce que Rob a dit ? On se défend contre les attaques psychiques en contemplant la lumière.

— C'est ça ! Dis-moi donc comment on fait. Et quelle lumière, d'abord ?

— J'en sais rien, marmonna-t-elle affolée. Pense juste à la lumière… visualise-la tout autour de nous. Toute dorée.

Elle ne savait pas trop pourquoi elle avait choisi le doré. Peut-être parce que la brume lui apparaissait argentée. Ou bien parce qu'elle avait toujours associé le doré à Rob.

Pressant les mains contre ses yeux, elle entreprit d'imaginer cette lumière, de la voir tout autour d'eux dans le van. Pour l'artiste qu'elle était, c'était une démarche plutôt facile.

— *Comme ça*, dit-elle en envoyant l'image à Gabriel.

Ils purent bientôt conjuguer leurs visualisations, au point qu'elle se sentit capable de voir cette lumière si elle rouvrait les yeux.

— *Ça marche*, dit Gabriel.

En effet, l'étourdissement de Kaitlyn s'apaisait et elle sentit la chaleur revenir dans l'habitacle. La couverture oppressive du froid semblait se retirer. Tout en visualisant la lumière, elle souleva les paupières.

Les dormeurs s'étaient apaisés. Les dernières traces de brume s'évanouissaient. Les petits hommes gris traînaient toujours dans l'air, mais n'y demeurèrent pas longtemps, finissant eux aussi par disparaître, non sans laisser une étrange impression à Kaitlyn : en observant l'un de ces visages gris, elle le reconnut sans pouvoir toutefois mettre un nom dessus.

Cette idée disparut vite car elle vit Rob qui s'étirait, soupirait et clignait des yeux avant de s'asseoir.

— Quoi… ? Kaitlyn… ?

— Attaque psychique, dit-elle simplement. Quand on est revenus, le van était plein de brume et vous ne vouliez pas vous réveiller. On a réussi à la chasser en visualisant la lumière. Oh, Rob, j'ai eu si peur !

Là-dessus, elle se laissa tomber sur ses genoux.

À son tour, Anna s'asseyait, et Lewis geignait.

— Ça va, tout le monde ? demanda Kaitlyn encore chancelante.

Rob se passa une main dans les cheveux.

— J'ai fait un horrible cauchemar…

D'un seul coup, il se retourna vers Kaitlyn :

— « Quand on est revenus » ?

Sur le moment, elle ne comprit pas, ce qui valait sans doute mieux car elle était trop secouée pour trouver un mensonge. Derrière elle, ce fut Gabriel qui répondit sans s'émouvoir :

— Kait et moi, on est sortis pour trouver des toilettes. Elle ne voulait pas y aller toute seule. Je l'ai accompagnée.

Belle trouvaille. Rob et Anna avaient repéré des toilettes publiques sur la plage. Cependant, Kaitlyn ne se sentit pas fière en voyant Rob hocher la tête :

— Quelle galanterie !

— Accessoirement, on vous a aussi sauvé la vie, ajouta Gabriel. Qui sait ce qu'aurait pu vous faire cette brume ?

— C'est sûr, admit Rob sans se faire prier. Merci.

Gabriel se détourna. Ce fut Anna qui rompit le silence :

— Si vous nous expliquiez plutôt comment vous « visualisez la lumière » ? Ainsi, on saura quoi faire s'ils attaquent encore.

— Et on pourra peut-être se rendormir, ajouta Lewis.

Il faisait jour quand Kaitlyn se réveilla, interpellée par Rob. Elle se précipita dehors pour le trouver, avec Anna, penché vers le sol devant le van.

L'asphalte était couvert d'une fine couche de sable apportée par le vent, sur lequel, tout autour du véhicule, restaient d'innombrables traces de pas.

— Des traces d'animaux, dit Anna. Vous voyez, ça, c'est un raton laveur, ça, un renard, et cette forme ovale provient d'un cheval non ferré ; ces petites-là appartiennent à un rat.

Kaitlyn ne se donna même pas la peine de dire que tous ces animaux ne pouvaient pas être venus là cette nuit. Elle se rappelait ce qu'avait raconté Rob la veille. Parfois, les victimes d'attaques psychiques retrouvaient des traces de pas humains ou d'animaux.

— Génial, murmura-t-elle. Je crois qu'on ferait mieux de filer.

Rob se redressa en s'essuyant les mains.

— Je suis d'accord.

Ce qui ne se révéla pas si facile que ça dans la mesure où le van choisit ce moment pour faire un caprice. Rob et Lewis eurent beau inspecter le moteur, ils ne trouvèrent rien d'anormal ; d'ailleurs, il finit par démarrer.

— Je vais conduire un peu, dit Anna qui avait déjà actionné la clef. Dites-moi où on va.

— Tu restes sur la 101 en direction de l'État de Washington, indiqua Lewis. Mais on pourrait peut-être s'arrêter d'abord au prochain McDo pour le petit déjeuner.

Kaitlyn quitta sans regret la côte basaltique du nord de l'Oregon. Gabriel n'avait pas ouvert la bouche de toute la matinée et elle commençait à se demander si elle n'avait pas commis une erreur, la veille au soir, sur la plage. Il allait falloir le prendre à nouveau à part pour lui parler et cette idée ne l'enchantait pas. *Pourvu qu'on trouve bientôt cette fichue maison blanche !* songea-t-elle avant de se rendre compte, le cœur serré, que Gabriel avait raison : elle attendait sans doute beaucoup trop des gens qui l'habitaient. Et s'ils ne pouvaient rien pour eux ?

Morose, elle reporta ses pensées vers le paysage incolore sous le ciel gris de cette triste journée.

Ils dépassèrent des bouquets d'arbres, dont Anna leur dit que c'étaient des aulnes, qui de loin ressemblaient à de grands nuages roses. En fait, leurs branches étaient plutôt dénudées, mais les quelques feuilles rouges qu'ils portaient donnaient à l'ensemble une allure colorée.

Sur les bas-côtés se dressaient de petits kiosques présentant d'énormes bouquets de jonquilles à un dollar pièce, bien qu'il n'y ait personne pour encaisser l'argent. *C'est le système d'autosurveillance*, se dit Kaitlyn. Elle se serait bien offert quelques-unes de ces jolies fleurs jaunes mais ils n'avaient pas assez d'argent pour céder à ce genre de fantaisie.

Tant pis, je vais dessiner. Elle ouvrit son sac et en sortit son matériel, dont du jaune auréolin, une de ses couleurs préférées. Peu après, elle dessinait, levant à peine la tête lorsqu'ils traversèrent un pont sur la Columbia. Un panneau les accueillit : « Bienvenue dans l'État de Washington, l'État toujours vert ».

— Te voilà chez toi, Anna, dit Rob.

— Pas encore, le détroit de Puget est loin si on continue à longer la côte.

Cependant, Kaitlyn sentait sa voix vibrer d'émotion. Elle était contente.

— En plus, précisa Lewis, on n'ira peut-être pas jusque-là, si on trouve la maison blanche avant.

— En tout cas, ce n'est pas là, lâcha Gabriel. Regardez l'eau.

Sur la gauche, la falaise plongeait droit dans l'océan, parmi des éboulis bruns, rien qui ressemblât aux rochers gris du rêve.

Kaitlyn allait dire quelque chose lorsque sa main se crispa.

Elle fut obligée de s'emparer d'un crayon pastel sans avoir le temps de réfléchir à ce qu'elle faisait. Elle savait ce que cela signifiait. Son don qui se manifestait encore. Ce qu'elle allait dessiner ne serait pas une image mais une prémonition.

Gris pâle et terre de Sienne, bleu acier et bleu-gris. Elle regardait les couleurs s'étaler sous ses yeux sans comprendre ; tout ce qu'elle savait, c'était qu'il lui fallait maintenant du sépia et juste deux ronds écarlates au milieu.

Quand elle eut fini, elle éprouva un étrange frémissement entre les omoplates en découvrant ce qu'elle avait dessiné.

Un bouc. Elle avait dessiné un bouc ! Debout, devant ce qui ressemblait à une rivière argentée, enveloppé d'une brume nuageuse. Mais ce qui faisait peur à Kaitlyn, c'étaient les yeux, la seule tache de couleur, des yeux de braise qui semblaient la regarder fixement.

La voix paisible de Rob la fit sursauter :

— Qu'est-ce que c'est, Kait ? Et ne me dis pas « rien », cette fois… je sais qu'il y a quelque chose qui ne va pas.

Sans rien dire, elle lui tendit le dessin et il l'examina en fronçant les sourcils, les lèvres serrées.

— Tu as une idée de ce que ça signifie ? demanda-t-il.

— Non, dit-elle en frottant ses mains pleines de pastel. Non, je ne comprends que quand la chose arrive. Tout ce que je sais, c'est qu'à un moment, quelque part, je vais voir un bouc.

— C'est peut-être symbolique, suggéra Lewis qui s'était penché depuis la banquette centrale.

Kaitlyn haussa les épaules en répétant :

— Peut-être.

Elle se sentait presque coupable. À quoi servait un don qui vous donnait ce genre de prémonition ? Elle avait créé l'image, elle devrait pouvoir l'interpréter. Et si, en se concentrant…

Elle y réfléchit alors qu'ils longeaient des plages à marée basse, rien qui ressemblât au paysage de la maisonnette blanche. Ils déjeunèrent au marché de Red Apple et elle continua de se creuser la cervelle, au point d'en avoir mal à la tête et d'éprouver le besoin de se dépenser un peu pour chasser toute cette tension.

— C'est à mon tour de conduire, déclara-t-elle lorsqu'ils quittèrent le marché.

— Tu es sûre ? s'étonna Rob. Tu détestes conduire.

— Oui, mais tout le monde s'y est collé, alors il faut bien que je m'y mette.

Finalement, ce n'était pas plus compliqué que de conduire une voiture normale ; certes, le van était moins réactif que la décapotable de Joyce, mais cette route droite et quasi déserte ne présentait aucune difficulté.

Du moins jusqu'à ce qu'il se mette à pleuvoir. Cela commença par des éclaboussures en forme de patte de chat qui faisaient un bruit plutôt agréable, mais cela s'aggrava bientôt, jusqu'à l'averse violente qui martela le pare-brise au point qu'on ne voyait rien entre chaque coup d'essuie-glace. À croire qu'on vous lançait des seaux d'eau à la figure.

— On pourrait peut-être laisser conduire quelqu'un d'autre, proposa Gabriel pour une fois installé derrière elle.

Comme elle s'y attendait, il avait abandonné la place du passager quand elle avait pris le volant. Elle jeta un coup d'œil latéral à Rob assis à côté d'elle. Si c'était lui qui avait dit cela, elle aurait accepté, mais, venant de Gabriel, cela donnait surtout envie de faire exactement le contraire.

— C'est bon, laissa-t-elle tomber. D'ailleurs, la pluie diminue.

— Ça va, renchérit Rob avec un de ses sourires charmeurs. Elle tient le choc.

Cependant, la réflexion de Gabriel avait semé son poison ; la mâchoire serrée, Kait cherchait à distinguer quelque chose à travers la pluie et faisait de son mieux pour donner raison à Rob, accélérant même, lorsque la route restait bien droite.

L'accident se produisit brutalement. Par la suite, Kaitlyn se demanderait si les conséquences auraient été différentes avec Rob au volant. Elle ne l'aurait pas juré. Personne n'aurait pu faire face à ce qui se présenta soudain sur l'étroite chaussée.

Une silhouette grise aux longues cornes… un bouc.

Si Kaitlyn n'en avait pas dessiné un quelques heures auparavant, elle n'aurait même pas eu le temps de l'identifier. Mais celui-ci se tenait exactement tel qu'elle l'avait représenté, avec ces mêmes yeux rouges qui la fixaient, seule tache de couleur sous la pluie grise. En fait, rectifia une part de son cerveau, la rivière grise qui courait derrière, c'était la route, et le brouillard, l'eau qui coulait dessus.

Mais son esprit ne réfléchissait pas, il réagissait. *Les freins*.

Son pied écrasa la pédale par à-coups ainsi que le lui avait appris le prof de l'auto-école. Rien ne se produisit.

Elle insista, sans résultat. Le van ne ralentit pas plus qu'il ne dérapa. Le bouc se tenait juste devant elle. Pas le temps de crier ni de penser. Pas le temps de prêter attention à la clameur soudaine sur la toile, alors que les autres se rendaient compte qu'il se passait quelque chose d'anormal.

Kaitlyn donna un coup de volant, envoyant le van sur la voie opposée, et vit passer quelques arbres en accéléré.

Tourne à droite ! Reprends ta direction !

Elle ne savait trop de qui venaient ces pensées mais elle obéissait déjà. Le van fit une embardée… trop loin.

Je vais quitter la route, songea-t-elle avec un calme étrange.

Et puis tout devint confus.

Jamais elle ne saurait vraiment ce qui se passa ensuite, sauf que ce fut affreux. Les arbres qui balayaient le paysage, les branches qui heurtaient le pare-brise. Et puis l'impact, qui ne les ralentit pas pour autant. Le van fit un bond puis des tonneaux le long d'une pente. Kaitlyn se sentait secouée, agitée en tous sens. Autour d'elle, ça criait, peut-être était-ce même sa propre voix. Vint alors un autre choc et la nuit tomba.

10

Kaitlyn entendait couler de l'eau, un mélodieux clapotis assez apaisant pour qu'elle ait envie de l'écouter encore.

Mais ce n'était pas possible. Il y avait quelque chose… quelqu'un dont elle devait se préoccuper. Quelqu'un… Rob.

Pas seulement Rob. Les autres. Une mésaventure terrible venait de leur arriver et elle devait s'assurer qu'ils allaient bien.

Bizarrement, elle ne savait pas ce qui s'était passé au juste.

Tout ce qu'elle savait, c'est que ç'avait été affreux. Elle ne put reconstituer les événements qu'à partir de ce qu'elle voyait maintenant autour d'elle.

Ouvrant les yeux, elle se rendit compte qu'elle se trouvait dans le van de Marisol, que celui-ci ne bougeait pas et qu'ils n'étaient plus sur la route. Derrière le pare-brise, elle voyait des arbres aux branches voilées de mousse verte et un ruisseau qui serpentait sous le capot.

Soudain, elle s'aperçut qu'elle avait les pieds dans l'eau.

Idiote ! On a eu un accident !

À peine cette pensée l'eut-elle effleurée qu'elle chercha Rob du regard. Il clignait des paupières, essayait de détacher sa ceinture, apparemment aussi étourdi qu'elle.

— *Ça va, Rob ?*

Il hocha la tête, l'air encore stupéfait. Il était blessé au front.

— Oui, et toi ?

— Je suis désolée… Pardon…

Elle n'aurait pas su dire pourquoi elle demandait pardon, elle savait seulement qu'elle avait fait quelque chose d'épouvantable.

— *Oublie les excuses*, dit Gabriel. *On doit se sortir de là.*

Elle se retourna :

— Ça va, derrière ? Personne n'est blessé ?

— Ça va… je crois, dit Lewis.

Anna et lui se levaient lentement. Ils ne paraissaient pas blessés mais ils avaient le teint pâle et les yeux écarquillés.

— Aidez-moi à ouvrir cette porte, dit Gabriel qui s'escrimait sur la poignée à sa gauche.

Ils durent s'y mettre à trois pour la décoincer, après quoi Kaitlyn et Rob durent ramper vers le centre du van pour sortir par le même chemin. En sautant sur le sol, Kaitlyn atterrit dans une eau si froide qu'elle en eut le souffle coupé. Avec l'aide de Rob, elle parvint à passer d'une pierre glissante à l'autre pour rejoindre la rive.

De là, elle vit ce qui était arrivé au van. Ils avaient quitté la route, heurté quelques arbres et plongé dans le ruisseau. Sans doute fallait-il se féliciter d'avoir atterri sur les roues. Le van était bosselé de partout et son capot, enfoncé.

— Pardon, murmura-t-elle encore.

Maintenant, elle se rappelait ce qui était arrivé et ne s'en voulait que davantage : elle avait perdu le contrôle du van et mal interprété son dessin qui aurait dû lui servir d'avertissement.

— Ne t'inquiète pas, Kait, dit gentiment Rob en l'entourant de ses bras.

Alors elle le sentit frémir.

— Oh, Rob, ta tête… tu es blessé !

Il porta la main à son front.

— Ce n'est rien, dit-il en s'accroupissant vers l'eau.

— Attends, intervint Anna, on va te nettoyer ça, mais il nous faudrait du tissu…

— Mon sac ! s'exclama Kait en sautant vers le van.

Gabriel l'interrompit dans son mouvement.

— Tu es folle, c'est dangereux !

— Mais il me le faut.

Et puis, elle dominerait mieux ses tremblements si elle s'occupait, si elle avait quelque chose d'important à faire.

— Arrête ton délire ! grommela Gabriel. Je m'en charge.

Là-dessus, il la bouscula presque en l'écartant de son chemin et replongea les pieds dans l'eau glacée ; il rentra dans le van, dont il ressortit peu après armé non seulement du sac de Kaitlyn et de celui d'Anna, qui contenait les dossiers de M. Zetes, mais aussi des sacs de couchage, trempés.

— Merci, dit Kaitlyn en essayant de soutenir son regard gris.

Anna se servit d'un tee-shirt de Kaitlyn pour nettoyer la blessure de Rob et en étancher le sang. Puis elle le lui rendit.

— Attendez-moi une seconde.

Là-dessus, elle s'approcha du bord du ruisseau, se pencha et revint armée d'aiguilles vertes.

— Du sapin ciguë, annonça-t-elle. C'est excellent contre les brûlures et ça pourra certainement aider à cicatriser les coupures.

Elle les appliqua sur le front de Rob.

Lewis contemplait les arbres qui les entouraient en faisant tourner sa casquette autour de son doigt.

— Vous savez ce qui est arrivé ? demanda-t-il soudain. On a dérapé ou…

— C'est ma faute, dit Kaitlyn.

— Pas du tout, affirma Rob. Il y avait un bouc sur la route.

Le bandage que lui avait fait Anna couvrait presque son œil, lui donnant un air de pirate.

— Un bouc ! répéta Lewis en s'immobilisant.

— Oui, tout gris… Enfin, incolore.

Il avait ajouté cela en regardant Kaitlyn qui ferma les yeux.

— Tu crois que c'était une apparition ? demanda Anna. Comme les petits hommes gris ?

— Évidemment ! dit Kaitlyn.

Elle avait été tellement secouée qu'elle avait oublié jusque-là ce qui s'était passé.

— Je suis trop bête… il avait les yeux rouges, comme une espèce de démon. Et… oh, Rob ! Les freins… ils ne marchaient plus. J'ai eu beau appuyer, ça ne fonctionnait pas.

À ce souvenir, son corps se remit à trembler violemment. Rob la reprit dans ses bras, l'étreignit pour la calmer.

— Ainsi, on a eu droit à une autre attaque psychique, dit-il. Le bouc n'était qu'une sorte d'illusion… peut-être même une projection astrale. À Durham, j'ai entendu parler de parapsychos qui pouvaient se projeter sous une forme animale. Quant aux freins… ça devait être de la psychokinésie à longue distance.

— Mais on aurait pu y passer ! gémit Anna.

Gabriel partit d'un rire cru :

— Ils ne cherchent pas à jouer !

— Bien, soupira Rob en se redressant. Inutile d'espérer récupérer le van, il est fichu… En plus, il ne vaut mieux pas qu'on nous retrouve ici. Les gens poseraient des questions, appelleraient la police.

Kaitlyn se sentit défaillir.

— Mais… mais qu'est-ce qu'on va faire, alors ?

— On va chez moi, annonça tranquillement Anna. Mes parents nous aideront.

Rob hésita :

— On avait dit qu'on ne prévenait pas les parents. Ça pourrait les mettre en danger…

— On n'a pas le choix, rétorqua-t-elle d'un ton aussi ferme que tranquille. Sans véhicule ni nourriture, sans refuge où dormir, on est piégés… Écoute, Rob, mes parents sont assez grands pour se protéger. Alors que nous, en ce moment, on est vraiment en danger.

— Elle a raison, approuva Lewis. On ne peut pas se payer un hôtel et on ne peut pas dormir dehors non plus.

Rob hocha la tête à contrecœur, mais Kaitlyn se sentait quelque peu soulagée à l'idée d'aller se mettre à l'abri. Cependant, elle fut plutôt refroidie par ce que dit ensuite Anna :

— Ça signifie qu'on abandonne l'idée de suivre la côte. On aura plus vite fait de couper à travers les terres pour rejoindre le détroit. Il va falloir faire de l'auto-stop.

— Tous les cinq ? dit Gabriel. Qui prendrait cinq ados ?

En son for intérieur, Kaitlyn l'approuvait. Cinq jeunes gens trempés sur le bord de la route... et qui devaient en outre se méfier de la police... l'idée n'avait rien d'alléchant. Mais avaient-ils le choix ?

— On va essayer, dit Rob. Il y aura bien quelqu'un qui prendra au moins les filles, ensuite elles pourront téléphoner aux parents d'Anna.

En s'aidant les uns les autres, ils parvinrent à remonter vers la route. Puis Rob conseilla de s'éloigner un peu du van pour qu'on ne fasse pas la relation avec eux.

— On a de la chance, ajouta-t-il. Le ruisseau ne se voit pas d'ici et personne n'a été témoin de l'accident.

Kaitlyn essaya de se répéter qu'ils avaient effectivement de la chance, tout en longeant la chaussée détrempée et en levant le pouce dès qu'elle entendait un moteur. Il n'y avait pas beaucoup de véhicules. Un long camion emportant des troncs d'arbres passa sans s'arrêter, de même qu'une Chevrolet noire.

La pluie n'était plus qu'une bruine mais, avec leurs cheveux mouillés et leurs vêtements sales, les auto-stoppeurs n'avaient pas l'air très rassurants.

— *Qu'est-ce que tu fais, Rob ?* demanda soudain la voix de Lewis sur la toile.

Rob s'était arrêté, les yeux clos, l'air concentré.

— Je fais appel à mon énergie pour essayer de fermer ma blessure. Je réfléchirai mieux ensuite.

Il rouvrit les paupières, ôta le bandage et Kaitlyn vit avec soulagement que le sang ne coulait plus. Il lui parut moins pâle.

— Bien, conclut-il en souriant. Et vous, ça va ?

Lewis haussa les épaules, Anna hocha la tête. Gabriel garda les yeux fixés sur la route sans répondre.

— Moi, ça va, dit Kaitlyn.

Ça n'allait pas du tout. Elle avait froid et mal partout, mais elle estimait qu'elle ne méritait pas d'être soignée.

— Kait, je sens que non… commença Rob.

— Une voiture ! lança Lewis.

Une vieille Pontiac couleur citrouille s'approchait lentement.

— Elle ne s'arrêtera pas, dit Gabriel avec aigreur. Personne ne s'arrêtera pour nous.

La voiture passa effectivement. Kaitlyn aperçut une jeune femme au volant. Soudain, les feux de stop s'allumèrent.

— Allez ! cria Rob.

Comme ils arrivaient à sa hauteur, ils virent la vitre du chauffeur s'abaisser, laissant échapper une musique caribéenne.

— Vous allez où ?

Ce n'était pas une jeune femme mais une fille à peine plus âgée qu'eux, mince et pâle, avec d'épais cheveux noirs et des yeux gris-vert.

Lewis se pencha, aussitôt sous le charme :

— Euh… on est un peu mouillés… même beaucoup.

— Pas grave, dit-elle. Les sièges sont en vinyle… c'est la voiture de ma grand-mère. Montez.

Kaitlyn hésita. Certes, cette fille paraissait fragile, mais elle lui trouvait aussi un air sournois.

— *Rob ? Je ne sais pas si on devrait…*

Il lui jeta un regard surpris :

— *Qu'est-ce qui se passe ?*

— *Elle m'a l'air géniale*, intervint Lewis. *Et puis on se les gèle, ici !*

Kaitlyn n'était pas trop sûre :

— *Anna ?*

Celle-ci avait contourné la Pontiac mais s'était arrêtée au premier message de Kaitlyn. Elle répondit tranquillement :

— *Tu dois être encore sous le choc. Elle me semble bien. En plus, on pourra tous entrer dans cette voiture !*

— Comme par hasard ! répondit Gabriel à haute voix.

La fille parut quelque peu s'étonner et Kaitlyn se demanda de quoi ils avaient l'air, tous les cinq immobiles devant elle, tous silencieux sauf un qui semblait dire n'importe quoi.

— *Bon, on y va,* dit Kait gênée de les retarder ainsi.

Mais, alors que Rob ouvrait la portière, elle interrogea Gabriel :

— *Qu'est-ce que tu voulais dire ?*

— *Rien. C'est juste une drôle de coïncidence qu'on puisse y entrer tous les cinq. Voilà tout.*

Anna et Lewis grimpèrent à l'avant avec la fille, Kaitlyn se glissa à l'arrière à la suite de Rob, et Gabriel la suivit. Les sièges de vinyle blanc crissèrent sous leur poids.

— Je m'appelle Lydia, dit la fille d'un ton toujours aussi neutre. Alors, vous allez où ?

Ils se présentèrent ou, plutôt, ce fut Lewis qui les présenta.

— On voudrait aller à Suquamish, dit ensuite Anna, près de Poulsbo, mais c'est très loin. On s'arrêtera là où vous vous rendez.

— Je ne me rendais nulle part précisément. Je ne suis pas allée en cours, aujourd'hui, j'avais envie de rouler.

— Vous ne seriez pas au lycée de North Mason ? J'ai un cousin, là-bas.

La question d'Anna était parfaitement innocente, pourtant Lydia parut se rembrunir :

— Je fréquente une école privée, rétorqua-t-elle. Vous avez assez chaud ? Parce que si j'augmente le chauffage, les vitres s'embueront.

— C'est parfait, dit Rob.

Il frottait les mains de Kaitlyn qui se réchauffait peu à peu. Ça faisait du bien de se retrouver au sec. Cependant, elle sentait le regard de Lydia dans le rétroviseur ; ce qui semblait plaire à Lewis mais gênait Kait, surtout lorsqu'elle la vit froncer les sourcils et se mordre la lèvre.

— Alors, qu'est-ce que vous faites par ici ? demanda enfin Lydia d'un ton dégagé. Vous êtes drôlement mouillés.

Lewis chercha ses mots :

— Oui, on a…

— On a voulu faire de la randonnée, coupa Gabriel. On s'est fait surprendre par la pluie.

— Je dirais plutôt par le déluge. Alors vous êtes du coin ?

— De Suquamish, dit Anna.

Pour elle, au moins, c'était la vérité.

— Ça fait loin ! Vous aimez marcher.

Nouveau regard dans le rétroviseur. Kait remarqua que Lydia avait trois grains de beauté sur son petit nez.

Quelque part, son scepticisme calmait les soupçons de Kaitlyn. Ce n'était pas de la sournoiserie qu'elle voyait dans son regard gris-vert mais de la défiance, comme si Lydia avait été plutôt malmenée par la vie.

Ils roulaient à l'intérieur des terres, à travers une pinède peuplée de hauts troncs très droits. Lydia repoussa ses cheveux en arrière.

— Je déteste les écoles privées, déclara-t-elle. Mes parents m'obligent à y aller.

— C'est nul, commenta Lewis.

— C'est trop strict, soûlant. Il ne s'y passe jamais rien.

— Je sais. J'y suis allé, à une époque, dit Lewis.

Lydia changea brusquement de sujet :

— Vous prenez toujours des sacs de couchage quand vous faites de la marche ?

C'était Gabriel qui semblait le plus apte à lui répondre.

— Oui, dit-il. Au cas où on en aurait besoin.

— Ce n'est pas un peu bizarre ?

Gabriel ne répondit pas et Lewis continuait de sourire. La jeune fille semblait ronger son frein. Soudain, elle lança :

— En fait, vous vous êtes enfuis. Vous n'habitez pas du tout dans les parages. Vous faites du stop à travers le pays, c'est ça ?

— *Ne réponds pas*, intima Gabriel à Lewis.

Cependant, Lydia poursuivait d'un ton plus calme :

— Vous n'êtes pas obligés de me le dire. Je m'en fiche. Seulement moi aussi, j'aimerais vivre un peu l'aventure. J'en ai tellement marre des leçons d'équitation et des bals de bienfaisance !

Après un court silence, elle ajouta :

— Je vous emmène à Suquamish si vous m'indiquez le chemin. Tant pis si ça fait loin.

Kaitlyn ne savait plus quoi penser de cette personne étrange, crispée, finalement isolée au milieu de leur groupe. Cela lui rappela ce qu'elle avait éprouvé quand elle-même se sentait si seule, si différente des autres. Personne, dans son ancien lycée, ne voulait fréquenter la sorcière.

Néanmoins, elle n'éprouvait pas une folle sympathie pour Lydia et elle n'aimait pas la voir insister ainsi pour se joindre à eux.

— *Ne réponds pas*, conseilla-t-elle à Lewis en écho au conseil de Gabriel.

Celui-ci finit par acquiescer.

— Ce serait gentil de nous emmener à Suquamish, dit aimablement Rob.

Après quoi, tout le monde se tut et ils écoutèrent la radio.

— Tournez ici, dit Anna. C'est juste en bas de cette rue. Là, cette maison avec l'Oldsmobile devant.

Le soir tombait, mais Kaitlyn put constater que la maison était de la même couleur brun-rouge que le panier en écorce de cèdre et de merisier d'Anna. Elle devait donc être en cèdre. Un grand épicéa et un aulne répandaient leur ombre gigantesque à mesure que le jour s'éloignait.

— C'est là, dit Anna.

Une maison, songea Kaitlyn, *une vraie maison avec des parents dedans*. Pour le moment, elle n'en demandait pas plus. Elle étendit ses jambes ankylosées en regardant Gabriel ouvrir sa portière.

— Bon, admit Lydia, je me suis trompée. Vous n'étiez pas en fuite. Je ne savais pas que cette adresse existait vraiment. Désolée.

— Ce n'est pas grave. Merci de nous avoir accompagnés.

— De rien.

Elle parlait du ton de ceux qui n'étaient pas invités à une fête mais se reprit soudain :

— Je pourrais utiliser vos toilettes ?

— Bien sûr, dit Anna. Attendez, laissez-moi entrer d'abord. *Maman ne s'attend pas à nous voir*, ajouta-t-elle silencieusement.

D'un mouvement rapide et souple, elle courut vers la maison. Les autres patientèrent dans la voiture, en regardant par les vitres embuées. Quelques minutes plus tard, Anna revint accompagnée d'une petite dame à l'allure maternelle, qui paraissait stupéfaite mais résignée. Kait s'avisa soudain qu'elle savait d'où venait la sérénité de son amie.

— Entrez tous ! Je suis madame Whiteraven, la maman d'Anna. Oh, mon Dieu, vous êtes trempés et gelés. Entrez !

Lydia les accompagna à l'intérieur.

Kaitlyn aperçut un living confortable où attendaient deux gamins identiques d'une dizaine d'années, tandis que la mère entraînait le groupe vers l'arrière de la maison où elle ouvrit des placards.

— Je vais vous prêter des vêtements de mon mari, annonça-t-elle aux garçons ; ce sera un peu grand mais il faudra faire avec.

Après une bonne douche bien chaude, Kaitlyn s'était séchée et avait revêtu une tenue appartenant à Anna ; elle fut contente d'aller rejoindre la cheminée où brûlait un bon feu.

— Ta mère est adorable, souffla-t-elle à Anna. Elle n'est pas un peu surprise de nous voir rappliquer comme ça ? Elle ne t'a pas posé de questions ?

— Pas encore. Elle songe surtout à nous préparer un dîner et à nous tenir au chaud. Mais je sais une chose. Elle n'a reçu aucune nouvelle de l'Institut. Elle croyait que j'y étais encore.

Elles durent se taire parce que les petits frères d'Anna venaient l'interroger sur la Californie. Elle leur en parla sans mentionner le nom de M. Zetes.

Mme Whiteraven revint brusquement :

— Anna, ton autre amie attendait dans l'entrée. Je l'ai envoyée se laver. On va dîner dans quelques minutes, dès que les garçons seront prêts.

— Mais ce n'est pas… commença Anna.

Elle se tut à l'arrivée d'une Lydia qui lui parut toute menue, plutôt pitoyable. Impossible de dire « ce n'est pas mon amie » alors que sa mère venait de l'inviter à dîner.

— *Après tout, elle nous a amenés ici*, plaida Anna.

Kaitlyn haussa les épaules. Rob, Gabriel et Lewis apparurent dans d'immenses chemises de flanelle et des jeans fermés par des ceintures serrées au maximum. Kaitlyn et Anna parvinrent à ne pas pouffer, mais Lydia eut un sourire moqueur, bientôt imitée sans vergogne par Lewis. Tous prirent place à la table de la grande cuisine, avec la mère et le père d'Anna.

Ils dévorèrent des hamburgers et du saumon fumé, du maïs et une salade de brocolis, suivis d'une tarte aux fruits rouges en dessert. Jamais Kaitlyn n'avait été aussi contente de manger des légumes. Mme Whiteraven ne put s'empêcher d'écarquiller les yeux devant leur appétit.

Après quoi, elle s'essuya les mains, repoussa sa chaise et demanda :

— Bien, les enfants. Vous allez nous expliquer maintenant ce que vous faites dans l'État de Washington.

11

Kaitlyn se tourna vers le père d'Anna, un homme sérieux au regard ferme qui n'avait pour ainsi dire pas parlé du dîner. La cuisine était tiède et paisible, et une lampe jaune éclairait des étagères de pin inachevées.

Soudain, Kaitlyn regarda Rob qui la regarda. Les cinq membres de la toile échangèrent alors une conversation mentale.

— *On leur dit ?* demanda Anna.

— *Oui*, songea Kaitlyn aussitôt approuvée par les autres. *Mais à tes parents. Pas...*

Anna adressa un geste de la main aux jumeaux.

— Allez jouer, maintenant, d'accord ? Et...

Elle ne put aller plus loin avec Lydia ; Anna était trop gentille, impossible pour une personne comme elle d'en chasser une autre qui venait de dîner à sa table.

— *Tu es trop gentille*, songea Kaitlyn.

Mais Gabriel prenait déjà la parole :

— On pourrait peut-être sortir faire un tour, Lydia et moi. Il ne pleut plus.

Il se leva et lui tendit galamment la main, très gentleman… si on ne tenait pas compte de la lueur moqueuse dans ses yeux.

Lydia ne pouvait guère qu'obtempérer. Elle pâlit, ce qui fit encore ressortir ses trois grains de beauté. Après quoi, elle remercia les parents d'Anna et prit la main de Gabriel. Lewis leur décocha un regard attristé.

— *Méfie-toi*, songea Kaitlyn à l'adresse de Gabriel.

— *De quoi ? Des attaques psychiques ou d'elle ?*

Les frères d'Anna s'éclipsèrent à leur tour. À présent, il fallait parler et, après un dernier regard à ses compagnons, la jeune fille entreprit de tout raconter à ses parents.

Du moins presque tout. Elle ne mentionna pas les détails les plus scabreux ni le lien télépathique. En revanche, elle parla de Marisol, du cristal qui augmentait les pouvoirs psychiques et des projets de M. Zetes de former une équipe de frappe. Rob leur montra les dossiers qu'il avait emportés du bureau secret.

— Et puis, on a fait des rêves, ajouta Anna. Une petite péninsule entourée d'eau grise, face à une falaise surmontée d'arbres et d'une maisonnette blanche. Nous pensons que ce sont ses habitants qui nous envoient ces rêves pour nous aider.

Elle mentionna également les deux rencontres de Kaitlyn avec l'homme au teint caramel venu de cette maison.

— Il n'avait pas l'air d'aimer l'Institut, ajouta celle-ci. Il m'a montré la photo d'un jardin contenant un énorme cristal, semblable à celui de M. Zetes. Nous pensons qu'ils savent de quoi il s'agit.

Mme Whiteraven fronçait les sourcils ; ses yeux s'étaient assombris, surtout depuis qu'ils avaient mentionné les projets de M. Zetes. M. Whiteraven paraissait de plus en plus grave et il se mit à serrer le poing. De même que Tony, tous deux semblaient admettre sans mal ce qu'Anna leur racontait.

— Mais, finit par observer sa mère, tu dis que vous n'avez aucune idée de l'endroit où se trouve cette maison blanche ?

— En fait, si. On sait que c'est au nord et on la reconnaîtra en la voyant, cette péninsule bordée de drôles d'amas de pierres. Quelque part, ça me dit quelque chose. Tenez, ça ressemble à ça.

Elle prit un crayon et entreprit de dessiner au dos d'un dossier.

— Attendez. Kait, c'est toi l'artiste. Vas-y.

Celle-ci fit de son mieux et traça un amas de pierres qui finit par évoquer la silhouette d'une femme aux bras ouverts.

— Oh ! s'exclama Mme Whiteraven. C'est un *inukshuk*.

— Pardon ? Ça vous dit quelque chose ?

— Bien sûr, dit la mère d'Anna en regardant le papier de plus près. Oui, je suis certaine que c'est un *inukshuk*. Les Inuits s'en servaient comme de signaux, par exemple pour indiquer qu'un endroit est favorable ou non…

— Les Inuits… ? coupa Anna. Ça veut dire qu'il faut aller jusqu'en Alaska ?

Sa mère la rassura d'un geste de la main :

— Je suis certaine d'en avoir vu plus près d'ici… Ah oui, je sais ! Quelque part sur l'île de Vancouver. On y a fait un voyage quand tu avais cinq ou six ans. Oui, je suis sûre que c'est là que nous les avons vus.

Tout le monde se mit à parler en même temps.

— L'île de Vancouver, c'est au Canada, dit Rob.

— Oui, mais pas loin d'ici il y a un ferry, dit Anna. Pas étonnant que ça m'ait rappelé quelque chose…

— Je ne suis jamais allé au Canada, dit Lewis.

— Mais vous vous rappelez exactement où c'était ? demanda Kaitlyn à Mme Whiteraven.

— Non, ma pauvre, malheureusement pas. Ça remonte à longtemps.

— Ce n'est pas grave, dit Rob les yeux brillants. Au moins, nous savons de quelle région il s'agit. Il y aura bien quelqu'un dans l'île qui pourra nous dire où ça se trouve exactement.

La mère d'Anna reposa le papier, échangea un regard avec son mari.

— Attendez. Vous avez tous été très courageux, mais cette idée de trouver la maison blanche ne vous avancera à rien.

— Non, renchérit M. Whiteraven. Maintenant, ça regarde les autorités. Vous avez apporté assez de preuves pour empêcher M. Zetes de nuire pendant un bon moment.

— Vous ne vous rendez pas compte de sa puissance ! s'exclama Anna. Il a des amis partout. Et le frère de Marisol a dit que seule la magie pouvait combattre la magie…

— Je ne pense pas que le frère de Marisol soit expert en la matière. Vous auriez dû commencer par consulter vos parents. D'ailleurs, vous devriez leur téléphoner maintenant… vous tous.

Kait se raidit :

— On n'a rien à leur dire pour les rassurer. Et si jamais M. Zetes a la possibilité d'intercepter nos appels… il saura aussitôt où nous sommes.

— S'il ne le sait pas déjà, commenta Anna.

Mme Whiteraven poussa un soupir et échangea un autre regard avec son mari.

— Bon, je les appellerai moi-même demain matin sans leur dire exactement où vous êtes tant qu'on n'aura pas résolu cette affaire.

— Et comment la résoudre, madame ? demanda Rob.

— Il va falloir voir ça entre adultes, en parler à la police, dit fermement la mère d'Anna.

Cette dernière ouvrit la bouche, la referma.

— *Ça ne sert à rien*, communiqua-t-elle aux autres.

— *Non*, reconnut Rob.

— *Bon*, dit Lewis, *on devrait être contents, mais…*

Kaitlyn comprenait ce qu'il voulait dire. Maintenant que les adultes entraient en scène, que les autorités allaient être alertées, il n'y avait plus grand-chose à faire. Elle devrait s'en réjouir.

Alors, pourquoi ce poids dans sa poitrine ?

Deux idées se heurtèrent dans son esprit. D'abord, on avait parcouru un tel chemin… Ensuite : les adultes ne connaissent pas M. Zetes.

— Maintenant, il va falloir trouver un endroit où vous coucher, dit soudain la mère d'Anna. Vous deux, les garçons, vous allez prendre la chambre des jumeaux, et je mettrai votre ami Gabriel dans le canapé-lit. Kaitlyn, vous irez dans la chambre d'Anna, et Lydia pourra dormir dans la chambre d'amis…

— Lydia ne dort pas ici, lâcha Kaitlyn à brûle-pourpoint. Elle ne fait pas partie du groupe. Elle nous a juste amenés ici.

Mme Whiteraven parut s'étonner :

— Vous n'allez pas la laisser reprendre le volant en pleine nuit. Il est trop tard et elle m'a dit avant le dîner qu'elle était fatiguée. Je l'ai déjà invitée à passer la nuit ici.

Kaitlyn commençait à protester quand elle s'aperçut que Rob, Anna et surtout Lewis lui jetaient des regards indignés. Sur la toile, elle perçut leur stupéfaction. Ils ne comprenaient pas ce qu'elle avait contre Lydia.

Après tout, qu'est-ce que ça change ? songea-t-elle alors.

Quelques minutes plus tard, Gabriel et Lydia revenaient de leur balade. La jeune fille ne paraissait pas spécialement déçue d'avoir manqué la conférence au sommet. À travers ses longs cils, elle couvait Gabriel des yeux, ce qui paraissait amuser ce dernier et beaucoup contrarier Lewis. Kaitlyn et Anna laissèrent Rob le mettre au courant de ce qui s'était dit et allèrent aider à préparer le lit de la chambre d'amis.

— *Alors, c'est fini ?* demanda Gabriel.

Kaitlyn l'entendait parfaitement bien qu'il se trouvât dans la cuisine, tandis qu'elle donnait un dernier coup à l'oreiller de Lydia.

— *On en parlera demain*, dit-elle avec lassitude.

Elle s'inquiétait de nouveau pour lui. Elle voyait bien qu'il souffrait… elle sentait la tension qui l'habitait. Pourtant, elle avait l'impression qu'il ne la laisserait pas l'aider cette nuit.

Il ne lui en parla même pas, alors qu'elle était parvenue à le prendre un instant à l'écart et que les autres s'apprêtaient à se coucher.

— Mais qu'est-ce que tu vas faire ? lui demanda-t-elle.

Elle le voyait déjà s'introduire dans la chambre des parents d'Anna, à demi-fou, en véritable état de manque.

— Rien, dit-il sobrement.

Avant d'ajouter d'un ton glacial :

— Je suis invité, ici !

Ainsi, il avait capté sa vision. Et il respectait un certain code d'honneur. Ce qui ne signifiait pas pour autant qu'il tiendrait toute la nuit…

Il s'éloigna sans lui laisser en dire davantage. Mal à l'aise et découragée, Kaitlyn s'allongea dans le lit double d'Anna.

L'aube se levait lorsqu'elle s'éveilla. Le cœur serré, elle regarda les chiffres verts sur le radio-réveil d'Anna. Elle sentait les autres dormir… même Gabriel, d'un sommeil tellement agité qu'elle pouvait jurer qu'il n'était pas sorti de son lit.

Curieusement, malgré tous ses sujets d'inquiétude, c'était Lydia qui la tracassait en ce moment.

Oublie-la, se dit-elle. Pourtant, elle ne pouvait s'empêcher de se poser sans cesse les mêmes questions. Qui était Lydia ? Pourquoi tenait-elle tant à se mêler à leur groupe ? Qu'est-ce qui clochait chez cette fille ? Pourquoi Kait avait-elle l'impression qu'on ne pouvait pas lui faire confiance ?

Elle finirait bien par trouver… Elle s'assit sur le lit puis en descendit, aussi discrètement que possible, et prit son sac de toile qu'elle emporta dans la salle de bains où elle s'enferma.

Elle sortit son matériel de dessin. Le Tupperware dans lequel elle le rangeait avait protégé ses pastels et ses crayons des eaux du ruisseau. En revanche, le carnet était humide. Enfin, ça ne l'empêcherait pas de tracer ce que lui dictait son esprit. Fermant les yeux, elle laissa sa main travailler.

C'était la première fois qu'elle essayait de susciter son don au lieu d'attendre que s'en manifeste le besoin impérieux. Là, elle utilisait une des techniques de Joyce en essayant de se détendre, de se détacher du monde qui l'entourait.

Fais le vide dans ton esprit. Maintenant, pense à Lydia. Dessine Lydia... Laisse l'image venir...

Les traits noir et blanc apparaissaient et elle les transcrivait aussi fidèlement que possible. Soudain, une grappe de raisin noir s'interposa. Du bleu pour les reflets dans les cheveux, des tons clairs pour la peau, du vert céladon pour les yeux.

Pourtant, elle eut envie de revenir au noir. De grandes traînées de noir, au-dessus et autour du portrait, formant une silhouette qui semblait l'envelopper.

Kaitlyn rouvrit les yeux pour découvrir la silhouette aux larges épaules dans son manteau sombre...

D'un seul coup, elle se redressa, folle de rage.

Je vais la tuer ! Ce n'est pas vrai... je vais l'étrangler !

Elle ouvrit grande la porte de la salle de bains et se dirigea vers la chambre d'amis.

Lydia n'était qu'une minuscule silhouette sous les couvertures, ce qui n'empêcha pas Kait de l'attraper par la peau du cou. La jeune fille émit un couinement de souris.

— Espèce de sale petite fouine ! lança Kait en la secouant.

Elle parlait assez bas pour ne pas réveiller le reste de la maisonnée et mit toute son énergie dans ses mouvements.

Complètement suffoquée, Lydia ne parvint à lâcher que des lambeaux de paroles que Kaitlyn finit par interpréter :

— Que… qu'est-ce que tu dis ?

— Je vais te raconter ça, précisa Kait en ponctuant chaque mot d'une secousse.

Lydia lui agrippait les poignets des deux mains, mais elle était trop faible pour pouvoir se dégager.

— Tu travailles pour M. Zetes, petite peste.

Avec un soupir désespéré, Lydia fit non de la tête.

— Si ! insista Kaitlyn. Je le sais. Je suis voyante.

À peine achevait-elle cette phrase qu'elle sentit une présence derrière elle. C'étaient ses compagnons qui s'agglutinaient à la porte. Sa folle émotion avait dû les alerter.

— Hé ! Qu'est-ce que tu fiches ? s'écria Lewis.

— Kait, dit Rob, qu'est-ce qui se passe ? Tu as réveillé tout le monde et…

— C'est une espionne ! rétorqua-t-elle.

— Quoi ?

Charmant dans son pyjama trop grand, Rob s'approcha du lit. Quand il la vit tenir Lydia à la gorge, il tendit instinctivement les bras. Lewis était juste derrière lui.

— Arrêtez, je vous dis que c'est une espionne !

Si elle n'avait pas été en équilibre instable, elle aurait cogné sans hésitation la tête de la jeune fille contre le montant du lit.

— Hé !

— Kait, calme-toi…

— Reconnais-le ! insista-t-elle. Avoue et je te lâche.

À l'instant où Rob passait un bras autour de Kaitlyn pour lui faire lâcher prise, Lydia hocha la tête.

— J'ai fait un dessin qui la montre avec M. Zetes, dit alors Kaitlyn. Allez, raconte !

Lydia cherchait à retrouver sa respiration en toussant. Finalement, elle parvint à souffler :

— Je suis une espionne.

Rob laissa retomber ses bras ; quant à Lewis, il en resta coi. Une vague d'émotions furieuses leur parvint de Gabriel. Des images de Lydia coupée en morceaux et jetée dans l'océan. Kaitlyn frémit et se rendit compte qu'elle avait les mains douloureuses. Les autres s'étaient maintenant rassemblés autour du lit. Une Anna sombre, un Lewis dépité, un Rob perplexe, les bras croisés.

— Allez, dit ce dernier à Lydia. Raconte.

Celle-ci commença par s'asseoir, minuscule au milieu de ce groupe menaçant.

— Je suis une espionne, dit-elle encore. Mais je ne travaille pas pour M. Zetes.

— Oh, ça va ! trancha Kaitlyn.

— On va te croire, intervint Gabriel d'un ton doucereux.

— Pas du tout. Je ne travaille pas pour lui… c'est mon père.

Kaitlyn faillit en tomber à la renverse. Pourtant, Joyce avait bien mentionné une fille de M. Zetes…

— *Et elle avait dit que c'était une amie de Marisol*, se souvint Rob.

Cette fois, elle se rappelait en avoir conclu que ce devait être une personne trop âgée pour être l'amie de Marisol.

— Quel âge as-tu ? demanda-t-elle à Lydia.

— Dix-huit ans et un mois. Si vous ne me croyez pas, mon permis de conduire est dans mon sac.

Gabriel ramassa par terre un sac Chanel qu'il retourna sur le lit malgré la protestation de Lydia et prit le portefeuille.

— Lydia Zetes, lut-il en brandissant la carte devant les autres.

— Comment es-tu arrivée ici ? demanda Rob.

Elle déglutit, les larmes aux yeux. Kaitlyn se dit que c'était peut-être une excellente comédienne.

— Par avion.

— Le voyage astral ? ricana Gabriel furieux.

— Non, un vrai. C'est mon père qui m'a envoyée et l'une de ses amies m'a prêté cette voiture. Il m'a téléphoné pour me dire où vous étiez…

— Il le savait parce qu'il nous avait tendu un piège, intervint Rob. Un bouc au milieu de la route. Il savait que si on ne mourait pas dans l'accident, on se retrouverait en rade…

— Oui. Et je devais venir vous aider… enfin, ceux qui auraient survécu.

— Espèce de…

Kaitlyn ne trouvait pas de mots pour exprimer son indignation. Elle prit de nouveau Lydia à la gorge mais Gabriel intervint à temps :

— Laisse tomber ! Je m'en occupe.

Tout le groupe savait de quoi il parlait ; Lydia aussi et elle implora :

— Vous ne comprenez pas ! Je ne suis pas votre ennemie !

— C'est ça ! dit Lewis.

— Non, juste sa fille, ajouta Kaitlyn.

Elle sentit la main d'Anna se poser sur son bras.

— Attendez. Qu'elle raconte au moins ce qu'elle a à nous dire. Vas-y, on t'écoute.

Lydia reprit son souffle et s'adressa directement à Anna :

— Je sais que vous ne voudrez pas me croire, pourtant, ce que je vous ai dit dans la voiture est vrai. Je déteste les écoles privées, les clubs d'équitation et tout. Et je déteste mon père. Tout ce que je voulais, c'était lui échapper…

— C'est ça, on te croit ! marmonna Lewis.

Gabriel partit d'un rire mauvais.

— C'est vrai ! insista-t-elle avec vigueur. Je déteste ce qu'il fait aux gens. Je ne voulais pas vous suivre, mais c'était ma seule chance.

Quelque chose dans son intonation ébranla un peu la conviction de Lewis et Kaitlyn le sentit sur la toile. Ce qui ne fit qu'augmenter sa colère :

— Oui, mais ça, tu n'avais pas l'intention de nous le dire, je suppose ? Tu ne nous aurais jamais dit qui tu étais si je ne l'avais pas découvert.

— Si, j'en avais l'intention ! Seulement, je savais que vous ne me croiriez pas.

— Arrête de pleurnicher ! s'énerva Gabriel.

Kaitlyn s'était tournée vers Rob :

— *Je sais que je vais m'en vouloir de poser cette question… seulement, tu crois que ça pourrait être vrai ?*

— *Je… n'en sais rien. Mais on pourrait peut-être le savoir*.

Le sourire aux lèvres, il s'assit sur le lit, prit Lydia par les épaules et la fixa. Elle se recroquevilla sur elle-même.

— Maintenant, écoute, dit-il sévèrement. Tu sais qu'on est tous des parapsychos, non ? Kaitlyn a le pouvoir de vérifier si tu mens ou pas. *Va chercher ton matériel de dessin*, ajouta-t-il à l'adresse de celle-ci.

Elle s'exécuta sans se faire prier.

— Bien, continua Rob. Il lui suffit de dessiner. Et si l'image qu'elle va représenter dit que tu ne racontes pas la vérité… Alors, tu as encore une chance.

Lydia parut tous les défier du regard.

— Je ne change rien à mon histoire. C'est la vérité.

Kaitlyn exécuta quelques croquis qui, certes, ne correspondaient en rien à l'expression de son don, mais elle savait que la véritable preuve proviendrait de l'attitude de Lydia.

— *Alors ?* demanda-t-elle à Rob.

— *Ou elle dit la vérité ou c'est la plus grande actrice du monde.*

— *Comme Joyce ?* insinua Gabriel. *Moi, je pourrais probablement vérifier, en établissant un lien mental avec elle.*

— *Et ça lui laisse combien de chances de survie ?* s'enquit Rob.

Gabriel haussa les épaules. Sa faim se faisait sentir sur la toile. Kaitlyn se tourna vers Lydia :

— Qu'est-ce que tu devais faire après nous avoir trouvés ?

— Vous empêcher d'aller là où vous vous dirigiez. Vous convaincre d'aller voir la police ou quelque chose de ce genre…

— C'est lui qui voulait ça ? Ton père ?

— Oui. Il peut s'arranger avec eux. Il a beaucoup de relations et il s'aide du cristal. Il n'a pas peur des autorités, les seules gens qu'il craigne, ce sont eux.

— Qui ça, « eux » ?

— Eux. Les gens du cristal. Il ne sait pas où ils sont, mais il a peur que vous les trouviez. Ce sont les seuls à pouvoir l'arrêter. Alors, vous me croyez, maintenant ? Est-ce que je vous aurais dit ça si j'étais votre ennemie ?

Kaitlyn sentit une vague d'hésitation secouer la toile. Puis tout bascula. Elle constata que Rob et Anna croyaient Lydia. Quant à Lewis, il la trouvait de nouveau à son goût. Gabriel restait cynique, comme d'habitude. Et Kaitlyn ne savait plus quoi penser.

— Si Monsieur Z. veut qu'on aille trouver la police… commença-t-elle.

— C'est sûr… dit Rob.

— Mais on ne convaincra jamais mes parents, intervint Anna.

— C'est sûr… dit encore Rob.

Une sensation désagréable s'empara de Kaitlyn, faite de terreur et d'incompréhension, mais aussi d'enthousiasme.

— Mais ça veut dire… balbutia Lewis.

— C'est sûr… répéta Rob avec un sourire flottant. Ça veut dire qu'on poursuit nos recherches.

Gabriel poussa un juron.

Lydia les regardait l'un après l'autre :

— Je ne comprends pas.

— Ça veut dire qu'on va devoir reprendre la fuite, expliqua Rob. Alors, si tu veux vraiment nous aider…

— Oui.

— … tu n'as plus qu'à nous emmener à l'île de Vancouver. Il y a un ferry qui s'y rend, je crois ?

Anna acquiesça de la tête.

— Très bien, dit Lydia. Quand est-ce qu'on part ?

— Tout de suite, dit Kaitlyn. Il faut qu'on soit loin quand les parents d'Anna se réveilleront.

— Parfait, dit Rob. Tout le monde prend ses affaires. On est partis.

12

— Le ferry quitte Port Angeles à 8 h 20, indiqua Anna alors qu'elle montait avec Kaitlyn pour s'habiller.

— Il recommence à pleuvoir.

Ils se retrouvèrent tous dans le living. Déjà, des bruits retentissaient à l'arrière de la maison.

— On ne devrait pas leur écrire un message ? chuchota Lewis.

— Je leur laisse les dossiers, dit Rob. Ils pourront peut-être en tirer quelque chose.

Au-dehors, ils furent accueillis par un ciel gris et froid. La pluie semblait tomber à l'horizontale quand ils prirent la route. Avec le dégivreur au maximum, ils arrivaient à dégager la vue du pare-brise, mais cela leur irritait la peau ; s'ils l'éteignaient, la buée s'installait immédiatement. S'ils baissaient les vitres, ils voyaient très bien mais mouraient de froid.

Autour du ferry, l'eau était bleu foncé avec une touche de vert. Ils attendirent au milieu d'une longue file de voitures et finirent par embarquer. La traversée coûtait 25 dollars et Kaitlyn paya parce que Lydia n'avait que des cartes de crédit.

Sur le pont des passagers, Kaitlyn regardait l'eau glisser le long des flancs du bateau. *Voilà*, songea-t-elle, *on est en route pour le Canada.* Elle n'était jamais allée à l'étranger.

Elle buvait une bouteille de Coca que Rob avait achetée dans un distributeur lorsque Lewis surgit, à bout de souffle :

— Problème, annonça-t-il. J'ai discuté avec d'autres jeunes. Ils disent qu'au-dessous de dix-huit ans, il faut une autorisation spéciale pour entrer au Canada.

— Quoi ?

Une lettre. Des parents ou quelque chose comme ça. Disant qui on est et combien de temps on va rester.

— Génial ! s'écria Kait en grimaçant.

— Qu'est-ce qu'on fait ? On ne peut pas juste espérer qu'ils vont nous oublier…

— Moi, j'ai dix-huit ans, dit Lydia. Je serai au volant. Vous n'aurez qu'à rester discrets.

Une heure plus tard, ils entraient dans le port de Victoria et Kaitlyn en eut le souffle coupé. Le soleil s'était levé, dans une lumière qui donnait envie de peindre. D'innombrables voiliers mouillaient devant de beaux bâtiments roses et blancs.

Cependant, elle ne put se régaler les yeux longtemps, il fallait descendre rejoindre la voiture. Ils attendirent à nouveau, cette fois pour sortir et passer la douane. À mesure qu'ils avançaient, Kaitlyn sentait son estomac se nouer davantage.

— D'où venez-vous ? demanda un agent à la fenêtre de Lydia.

— De Californie, dit-elle en souriant.

Sans lui rendre son sourire, il demanda à voir son permis de conduire, pourquoi ils se rendaient au Canada et combien de temps ils comptaient y rester. Lydia répondit chaque fois d'un ton tranquille. Puis l'agent se pencha pour examiner l'intérieur de la voiture.

— *Prenez l'air vieux*, dit Kaitlyn aux autres.

Ils se tinrent tous droits et arborèrent une expression d'ennui distingué. L'agent les examina un à un puis se redressa.

— Est-ce que l'un d'entre vous a moins de dix-huit ans ? demanda-t-il à Lydia.

Kaitlyn ne respirait plus. S'il réclamait leurs papiers, il constaterait bien que Lydia était la seule à les avoir. Mais il demanda directement les lettres d'autorisation.

Lydia hésita imperceptiblement avant de laisser échapper :

— Oh non !

Comme si elle avait bêtement oublié quelque chose sur la table de la cuisine. Kaitlyn admira son sang-froid, surtout lorsqu'elle sourit avec aisance. À son tour, l'homme hésita. Il observa Lewis, celui d'entre eux qui avait l'air le plus jeune. Lydia se tourna vers lui et, malgré son expression calme, lui jeta un regard désespéré.

L'agent portait à la ceinture une sorte de talkie-walkie qui se mit à grésiller, ou plutôt à hurler, comme une sirène, de plus en plus fort, au point que les gens commençaient à se retourner. L'homme le prit, appuya sur quelques boutons, le secoua, en vain. Le bruit ne faisait que s'amplifier.

Après un nouveau regard dans la voiture, l'agent leur fit signe de circuler en grimaçant.

— Allez, roulez ! murmura Lewis d'un ton surexcité.

Lydia passa une vitesse et s'éloigna dans une lenteur majestueuse. Quand ils se retrouvèrent dans une avenue, Kaitlyn souffla enfin. Ils étaient passés !

— C'était plus facile que je n'aurais cru, dit Rob.

À l'arrière, Lewis gloussait de joie :

— Trop fort ! Qu'est-ce que vous en dites ?

— Lewis ! lança Kaitlyn en se retournant. C'était toi ?

— Je me disais que s'ils arrivent à saboter notre voiture à distance, je pourrais bien utiliser la psychokinésie sur un talkie-walkie.

Lydia lui jeta un regard plein de reconnaissance.

— Merci.

— Tu nous as sauvé les… tu sais quoi, répondit-il ébahi.

Même Gabriel semblait impressionné. Ce qui ne l'empêcha pas de demander à Lydia :

— Qui sont-ils, au fait ? Ceux qui ont voulu nous tuer à coups d'attaques psychiques.

— Je ne sais pas. C'est vrai ! Je sais que mon père trafique des trucs bizarres avec le cristal, qu'il a sans doute obtenu de l'aide de certaines personnes. Mais j'ignore qui.

— Je me demande s'ils ont arrêté, dit soudain Anna. Vous avez remarqué qu'on n'a pas été attaqués cette nuit. Et s'ils avaient perdu notre trace ?

— À moins qu'ils ne comptent sur quelqu'un pour la retrouver, glissa Gabriel avec un regard en coin vers Lydia.

Celle-ci eut un geste impatienté qui n'interféra cependant pas sur sa conduite.

— Je vais où, maintenant ?

— On ne sait pas trop, finit par avouer Rob.

— Vous êtes venus ici sans savoir où vous alliez ?

— Pas exactement. On cherche…

— Quelque chose, coupa Gabriel.

Lewis se rembrunit et Kaitlyn lui jeta un regard impatienté :

— *On avait décidé de lui faire confiance. De toute façon, elle finira par le savoir, dès qu'on aura trouvé…*

— Alors on attend d'avoir trouvé, rétorqua Gabriel à voix haute. Pas la peine de faire plus confiance que nécessaire.

Lydia serra les lèvres et ne dit rien, ne réagit pas.

— On a deux possibilités, reprit alors Rob. On peut remonter la côte au petit bonheur ou on interroge les gens du coin pour leur demander s'ils savent où se trouvent les…

Il continua mentalement :

— *Les empilements de pierres.*

— Ces paysages ne te disent rien, Anna ? demanda Lewis.

— J'avais cinq ans quand je suis venue ici.

Ils décidèrent de demander autour d'eux. Le propriétaire d'une boutique de souvenirs leur conseilla de s'adresser au musée, mais là, bien que les employés aient reconnu un *inukshuk* sur le croquis que leur montra Kaitlyn, ils furent incapables de leur dire où en trouver. Pas plus que chez le photographe, ni à la librairie, ni dans l'atelier d'art indien local.

— Alors, on part à l'aveuglette ? demanda Gabriel.

Lewis ressortit la carte.

— On peut commencer par l'est ou par l'ouest, au choix. L'île forme un grand ovale et on se trouve en bas. Mais je dois vous dire tout de suite que rien ne ressemble à votre Griffin's Pit. Il y a des milliers de petites langues de terre le long de la côte, impossibles à distinguer l'une de l'autre.

— Ce doit être trop petit pour apparaître sur cette carte, dit Rob. Alors on tire à pile ou face.

Kaitlyn lança une pièce et ce fut la côte est qui sortit. Ils partirent donc le long de l'océan, s'arrêtant régulièrement pour examiner le paysage, jusqu'à la tombée de la nuit, mais ne virent rien qui ressemblât à leur rêve.

— Là, l'océan est à droite, dit Anna debout sur un rocher.

Les mouettes s'amassaient autour d'eux, s'envolant dès que Kaitlyn ou les autres s'approchaient, mais acceptant la présence d'Anna comme si elle-même était oiseau.

— Presque à droite, rectifia Kaitlyn. On devrait peut-être continuer vers le nord ou essayer l'ouest.

C'était agaçant de se savoir si près du but sans pouvoir déterminer où il était.

— Bon, on ne trouvera rien ce soir sans lumière, dit Gabriel.

Elle sentit une tension dans sa voix, pas celle que tous lui connaissaient, mais l'annonce d'une nouvelle crise violente.

Toute la journée, elle l'avait trouvé plus calme qu'à l'accoutumée, effacé, comme retiré dans sa douleur. Il se dominait de mieux en mieux, mais sa faim semblait s'aggraver sans cesse. Voilà près de trente-six heures que Kaitlyn l'avait rejoint sur la plage en Oregon. *Qu'est-ce qu'il va pouvoir faire ce soir ?* se demanda-t-elle.

— Pardon ? demanda Rob en se tournant vivement vers elle.

Elle s'aperçut qu'elle avait oublié de masquer ses pensées et se prit à espérer qu'il n'en ait perçu que la dernière partie.

— Je me demandais ce qu'on allait faire ce soir. Pour dormir, je veux dire. On est à peu près fauchés...

— Et on a faim, ajouta Lewis.

— En plus, on ne pourra pas dormir dans cette voiture.

— Il faut trouver un motel bon marché, dit Anna. On prendra une chambre. Ça ne devrait pas être cher, on est hors saison. Mieux vaut retourner à Victoria.

Ils descendirent au Sitka Spruce Cercle Vital, qui leur fournit une chambre avec deux lits doubles pour

38 dollars sans poser de question. La peinture était écaillée, la porte de la salle de bains ne fermait pas bien mais, au moins, ils avaient des lits.

Suivant les directives de Rob, les filles prirent les lits. Lydia accepta de partager avec Anna. À l'évidence, elle n'avait pas oublié l'attaque de Kaitlyn qui, elle, eut l'autre pour elle seule et se blottit sous le maigre couvre-lit. Les garçons, qui devaient dormir sur la moquette, avaient réquisitionné les couvertures.

Elle ne dormit pas beaucoup. Toute la soirée, Gabriel l'avait évitée, refusant carrément de lui parler. Elle voyait, à sa froide détermination, qu'il avait l'intention de résoudre seul son problème… d'où elle concluait qu'il n'allait pas rester sagement toute la nuit à souffrir en silence. Mais elle savait aussi qu'elle se réveillerait en même temps que lui.

Ce qui fut le cas… enfin, presque. Elle ouvrit les yeux alors que la porte de la chambre se fermait dans un petit déclic. Elle sentit aussitôt que Gabriel n'était plus parmi eux.

Désormais, elle savait très bien s'extirper d'un lit dans le plus grand silence. Son seul choc lui vint lorsqu'en regardant l'autre lit elle n'y vit qu'une silhouette.

Lydia était partie. Pas dans la salle de bains. Ailleurs.

Inquiète, Kaitlyn sortit à son tour. Elle repéra Gabriel grâce à sa présence sur la toile, le sentant s'éloigner d'elle, et se demanda si Lydia était avec lui. Ce fut ainsi qu'elle déboucha sur le port.

Elle n'avait pas eu peur de parcourir les rues de Victoria. Il y avait encore peu de gens dehors et une atmosphère paisible régnait sur la ville. En revanche, à proximité du port, elle commençait à se sentir très seule. Les lumières des bateaux et des bâtisses se reflétaient dans l'eau, mais il faisait encore presque nuit et le silence lui sembla pesant.

Elle trouva Gabriel en train d'aller et venir dans l'ombre.

Il avait l'air plus d'un fauve que d'un humain, un prédateur en cage qui ne saurait plus qu'arpenter une surface trop petite. À mesure que Kaitlyn s'approchait, elle percevait mieux sa voracité.

— Où est Lydia ? demanda-t-elle.

Il fit volte-face.

— Tu ne peux pas me lâcher trois secondes ?

— Tu es seul ?

Pour toute réponse, elle n'entendit d'abord que le clapotis de l'eau, jusqu'à ce que Gabriel lui réplique :

— Je n'ai aucune idée de l'endroit où se trouve Lydia. Je suis sorti seul.

— Elle était encore dans son lit, à ce moment-là ?

— Je n'ai pas regardé.

Kaitlyn poussa un soupir résigné. *Tant pis pour Lydia.*

— En fait, reprit-elle, je suis là pour te parler.

— Non.

— Gabriel…

— Je ne peux pas continuer comme ça, tu le vois bien ! Tu ne peux pas me laisser faire les choses à ma façon ?

— Je ne veux pas que tu fasses du mal autour de toi !

— Apparemment je ne suis pas le seul.

Elle ne comprit pas… ou ne voulut pas comprendre. Il lui semblait soudain si… vulnérable. Elle écarta l'étrange idée qui lui vint à l'esprit.

— Tu veux parler de moi… ou de Rob…

Toute faiblesse oubliée, il se fendit d'un sourire des plus charmeurs.

— Disons que je voulais parler de Rob. Qu'est-ce qu'il fera, d'après toi, quand il saura ?

— Il comprendra… si tu me laisses lui parler. Il pourrait même nous aider.

Le sourire de Gabriel tourna au rictus.

— Tu crois ça ?

— J'en suis certaine. Il aime trop aider les gens. Je sais que tu ne le crois pas, mais il t'aime bien. Si tu n'étais pas si susceptible…

— Arrête ! Je n'ai aucune envie de parler de lui.

— Bon. Alors parlons de ce que tu fais cette nuit. Tu pars à la chasse ? À la recherche d'une fille seule ?

Elle se rapprocha. Malgré l'obscurité, elle vit aussitôt sa méfiance. *Là*, songea-t-elle, *il ne me reste qu'à insister. Il est sur le point de craquer*... Comme il ne disait rien, elle reprit :

— Qui que ce soit, elle ne saura pas ce que tu fais, elle se débattra et se fera mal. Et elle n'aura sans doute pas assez d'énergie, ce qui fait que tu la tueras sans doute...

Elle était tout près de lui, maintenant, distinguant l'étincelle torturée dans son regard, percevant l'alerte au danger qui lui bloquait l'esprit.

— C'est ce que tu veux ? ajouta-t-elle paisiblement.

— Tu sais très bien que non, gronda-t-il les dents serrées. Mais je n'ai pas le choix.

— C'est nul de dire ça ! souffla-t-elle en l'étreignant.

Il résista environ une seconde et demie puis, de ses mains tremblantes, lui écarta les cheveux du cou, approcha ses lèvres. Elle pencha la tête pour lui faciliter les choses. Une impression de jaillissement, de déchirure... d'épanchement... une sorte d'électrocution, de foudroiement. Elle se laissa aller.

Et sentit ses émotions remonter à la surface, ce besoin inné qu'elle avait de l'aider ; mais elle percevait également les sentiments de Gabriel. Alors seulement elle comprit, se rappela où était le vrai danger, prit conscience de ce dont Gabriel avait voulu la prévenir. Outre la gratitude, la satiété, le soulagement, elle discernait la bienveillance, la joie, l'émerveillement et… l'amour…

Gabriel l'aimait.

Elle se devinait telle qu'il la voyait dans son esprit, tellement glamour et pleine de grâce éthérée qu'elle se reconnaissait à peine. Une fille aux cheveux roux, fulgurante comme une météorite aux yeux bleus, plus sorcière qu'humaine.

Quelle débile ! Mais aussi, comment imaginer que Gabriel, l'ombrageux, le solitaire, puisse tomber amoureux ? Il avait changé depuis qu'il avait aimé Iris… avant de la tuer. Il était devenu trop dur, trop amer. Du moins en apparence.

Parce qu'on ne pouvait s'y tromper. Après deux jours de privations, Gabriel avait beaucoup de mal à se réfugier dans sa carapace. Il comprit qu'elle avait tout vu mais ne put la repousser car il avait trop besoin de se nourrir de son énergie.

Kaitlyn avait l'impression qu'ils étaient séparés par un étroit fossé mais paralysés sur place, incapables de rien dissimuler à l'autre. Elle voyait l'âme de Gabriel à nu et c'était injuste car elle savait ce qu'il lisait en elle. Elle l'aimait bien, elle s'inquiétait pour lui, sans plus. Elle ne pouvait vraiment l'aimer ; elle était déjà amoureuse…

Cependant, avec les émotions de Gabriel qui tourbillonnaient autour d'eux comme des vagues en pleine tempête, elle avait du mal à garder les idées claires. Son amour pour elle l'attirait, la priait d'y répondre, de s'abandonner à lui, de tout lui donner…

— *Laisse-la tranquille !*

Le cœur de Kaitlyn s'arrêta. C'était la voix de Rob qui venait la frapper comme un éclair. En un instant, la douce passion de Gabriel s'éclipsa, la connexion disparut et ils se séparèrent…

Tels des amants coupables.

Rob se tenait juste au-dessous d'un lampadaire de fer forgé, les cheveux ébouriffés, l'air aussi furieux que consterné. Pourtant, il n'avait pas tenté de les séparer, ce qui prouvait qu'il la savait en sécurité. Il avait dû sentir sur la toile que Kaitlyn était consentante.

Un long moment s'écoula, au cours duquel tous trois demeurèrent à s'observer comme des statues de sel. Kaitlyn savait que chaque seconde qui s'écoulait sans qu'elle cherche à s'expliquer ne faisait qu'empirer les choses. Pourtant, elle n'arrivait pas à croire ce qui se passait.

Gabriel aussi semblait en état de choc.

Toutefois, elle finit par retrouver sa voix :

— Rob, j'allais te dire...

Elle n'aurait pu choisir pire début d'explication. Rob lui opposa un visage blême et des yeux totalement éteints.

— Pas la peine, dit-il. J'ai vu.

Là-dessus, il se détourna et partit à grands pas, presque en courant.

— *Rob, non ! Ce n'est pas ce que je voulais dire ! Rob, attends...*

Mais il avait déjà presque atteint l'escalier de béton, pressé de mettre le maximum d'espace entre eux. Kaitlyn lui jeta un regard noir avant de se retourner vers Gabriel qui demeurait immobile dans l'ombre. Il ne laissait rien paraître, cependant elle sentait son chagrin.

Et elle ne savait plus que faire. Tous deux avaient besoin d'elle mais elle ne pouvait en aider qu'un seul. Et il lui fallait choisir vite.

Après un regard navré vers Gabriel, elle courut après Rob.

Elle le rattrapa sous un autre réverbère auquel était suspendu un panier de fleurs.

— Rob, je t'en prie ! Tu dois m'écouter. Tu...

Au bord de l'hystérie, elle ne put achever sa phrase, d'autant qu'il lui opposait un regard d'enfant éperdu.

— C'est bon, dit-il.

Elle éprouva un autre choc en s'apercevant que ses yeux étaient quasi aveugles, du moins qu'ils ne la voyaient pas ; et qu'il n'écoutait rien.

— Rob, tu ne comprends pas…

Cette phrase cliché lui avait échappé. Elle n'avait plus qu'à l'assumer :

— Tu me donnes ma chance, oui ou non ? Je peux t'expliquer ?

Cette fois, le message atteignit son but. Rob frémit et recula un instant, comme sur le point de repartir.

— Bien sûr, explique ce que tu veux.

Elle comprit qu'il s'attendait à la voir expliquer pourquoi elle voulait le quitter et en fut tellement mortifiée qu'elle en oublia sa peur. Dès lors, les paroles se bousculèrent dans sa bouche :

— Avec Gabriel, on ne… on ne faisait rien de mal. Je lui donnais de l'énergie… comme toi quand tu guéris. Le cristal a eu des effets désastreux sur lui et, maintenant, il a besoin d'énergie vitale tous les jours. Il vient de passer une semaine épouvantable. Si je ne l'aide pas, il se mettra en chasse de quelqu'un d'autre, au risque de le tuer.

Rob paraissait ne pas en croire ses oreilles, pourtant son expression marqua un début d'incertitude. Il répéta lentement :

— Le cristal ?

— Je crois que ça vient de là. Il n'était pas comme ça, avant. Maintenant, il a besoin de capter de l'énergie pour survivre. Il faut me croire, Rob.

— Mais… pourquoi tu ne m'en as pas parlé ?

Il secouait la tête comme s'il avait de l'eau dans les oreilles. Il paraissait abasourdi.

— C'est lui qui ne voulait pas.

Et maintenant, j'ai trahi sa confiance, songea-t-elle. Mais elle ne pouvait rien faire d'autre. Il fallait que Rob comprenne.

— Et ça ne m'étonne pas, ajouta-t-elle, vu ce que vous avez dit des vampires psychiques. Il savait que vous en seriez dégoûtés et il ne pouvait pas le supporter. Du coup, il a gardé son secret.

Rob hésitait encore. Elle voyait bien qu'il avait envie de la croire mais qu'il avait du mal.

Une voix s'éleva derrière Kaitlyn :

— C'est la pure vérité.

13

Kaitlyn fit volte-face pour découvrir la dernière personne à laquelle elle se serait attendue : Lydia. Fragile et morose, sa crinière noire parsemée de reflets bleutés sous la lumière des réverbères.

— Toi ! dit Kaitlyn. Où étais-tu ? Pourquoi es-tu sortie de la chambre ?

Après une courte hésitation, la jeune fille expliqua :

— J'avais vu Gabriel sortir. Je me demandais où il allait au milieu de la nuit, alors je l'ai suivi. Et c'est là que je t'ai vue…

— Tu nous as espionnés !

— Oui… c'est vrai. Mais j'ai bien fait ! Rob, elle n'arrêtait pas de répéter qu'elle voulait tout te dire. Elle ne faisait ça que pour empêcher Gabriel de nuire aux autres. Je ne comprends pas exactement de quoi il s'agit, mais je sais qu'elle ne sort pas avec lui.

Rob se détendit instantanément et Kaitlyn se sentit mieux ; une partie de son cauchemar se dissipait.

Elle regarda Rob. Un court instant, ils n'eurent même plus besoin de communiquer par la toile. Elle voyait son amour, sa hantise. D'un seul coup, elle se retrouva dans ses bras.

— Pardon, murmura-t-il. *Pardon, Kait, j'ai cru… Mais je comprends pourquoi tu l'aides, tu es la seule avec qui il est sympa…*

— *C'est ma faute*, songea-t-elle en se serrant contre lui à l'en étouffer. *J'aurais dû te le dire, pardonne-moi. Mais…*

— *Mais on arrête de parler de ça. On oublie.*

— *Oui.*

Sur le moment, elle pensait sincèrement pouvoir oublier.

— Mais, ajouta-t-elle, il faut aider Gabriel pour qu'il aille mieux. Je l'ai laissé sur la jetée…

À regret, il la lâcha, le visage encore marqué par l'émotion ; cependant, Kaitlyn sentait sa détermination : il ne demandait qu'à aider Gabriel.

— Je vais lui expliquer que je n'avais pas compris. Tout ce qu'on a raconté sur les vampires psychiques… je ne savais pas.

— J'y vais, moi aussi, dit Lydia.

Elle les avait regardés sans vergogne et, pour une fois, Kaitlyn n'y avait pas vu d'inconvénient. Elle la remercia d'un clin d'œil et tous trois se mirent en route. Certes cette fille mettait son nez partout, s'occupait de ce qui ne la regardait pas et avait un père qui aurait très bien pu apparaître dans un film d'horreur… mais elle venait de rendre un grand service à Kaitlyn. Et cela, elle ne l'oublierait pas.

Gabriel n'était plus sur la jetée.

— En chasse ? demanda Rob.

— Je ne crois pas. Il a eu sa dose pour aujourd'hui…

Elle s'interrompit parce qu'il lui passait un bras autour du cou, l'air grave.

— Il ne peut pas continuer comme ça. Il pourrait finir par te faire du mal. Il va falloir qu'on trouve autre chose…

Kaitlyn ne répondit pas. Sa gaieté s'était quelque peu altérée. Tout s'était arrangé avec Rob, mais Gabriel allait mal, pire encore qu'il ne voulait bien l'avouer. Et elle n'allait pas dire à Rob ce qu'elle avait vu dans l'esprit de Gabriel.

En outre, elle était certaine que celui-ci n'accepterait jamais l'aide de Rob… ni plus jamais la sienne.

Le lendemain matin, Gabriel rentra, à la surprise de Kaitlyn. Avec Rob, ils avaient regagné le motel dans la nuit et trouvé Anna et Lewis qui les attendaient : Rob les avait réveillés en s'apercevant que Kait, Gabriel et Lydia étaient partis.

Sur l'insistance de Rob, Kait avait expliqué du mieux qu'elle pouvait l'état de Gabriel. Anna et Lewis en avaient été surpris et navrés, avant de promettre de faire tout ce qu'ils pourraient pour l'aider.

Mais Gabriel ne voulait pas qu'on l'aide. Au matin, il refusa de parler à quiconque et c'est à peine s'il jeta un regard vers Kait. Il y avait une étrange lueur dans ses yeux et elle ne perçut rien d'autre que de la détermination.

Il espère que les gens de la maison blanche pourront l'aider, se dit-elle. *À part ça, rien ne l'intéresse plus.*

— On a de gros problèmes financiers, annonça Anna. Il y a juste de quoi refaire le plein et s'offrir un petit déjeuner, à la rigueur un déjeuner, après...

— Il faut qu'on trouve ce coin aujourd'hui, conclut Rob avec son optimisme habituel.

Mais Kaitlyn savait ce qu'il ne mentionnait pas : ou ils trouvaient cette maison aujourd'hui ou ils devraient abandonner, à moins de voler quelqu'un ou, pire, d'utiliser une carte de crédit de Lydia au risque d'être aussitôt repérés.

— On continue à chercher, dit-elle fermement.

En fait, elle voulait tout raconter à Lydia.

— *Je crois qu'on peut lui faire confiance*, ajouta-t-elle.

Rob acquiesça de la tête, Lewis, bien sûr, accepta sans réserve. Au point que Kaitlyn commençait à s'inquiéter pour lui... il était tellement clair qu'il en pinçait pour Lydia, alors que celle-ci semblait plutôt du genre à papillonner...

Seul Gabriel aurait pu émettre une objection, mais il ne se mêlait pas à la conversation et regardait par la fenêtre.

— Une petite langue de terre avec des trucs en pierres dessus, confia Lewis en souriant à Lydia.

— Des inukshuks, précisa Anna. Alignés des deux côtés, sur un rivage rocheux, suivi d'une bordure boisée, des épicéas et des sapins, je crois. Et peut-être des genêts à balais.

— L'océan est froid et clair et les vagues ne viennent que de la droite, dit Kaitlyn.

— Ça s'appelle quelque chose comme Griffin's Pit, acheva Rob en souriant.

Son ton était empreint d'excuses et Kaitlyn en fut tout émue.

— Ou Griffe Pssst, ou on ne sait quoi, acheva-t-elle d'une voix désinvolte. En face, il y a aussi une falaise, peut-être bien une île, et sur cette falaise, une maison blanche. C'est là qu'on va.

Lydia hocha la tête. Elle avait tout compris et ses yeux dirent « merci » à Kaitlyn.

— Alors, par où est-ce qu'on commence, aujourd'hui ?

— Encore pile ou face, suggéra Lewis.

— Si c'était Kaitlyn qui décidait ? proposa Rob. C'est vrai, tu as parfois de ces intuitions… Je fais confiance à ton… instinct.

Ce qui était une autre façon de dire qu'il lui faisait confiance à elle.

— Alors on essaie la côte ouest. Je trouvais que la mer ne correspondait pas trop, hier. Pas assez… enclavée.

Elle-même n'était pas trop sûre de ce qu'elle entendait par là, mais tous approuvèrent. Ils sautèrent le petit déjeuner et partirent en direction du nord-ouest. Kaitlyn goûta non sans plaisir la présence du soleil, couvert de temps à autre par de gros nuages blancs. La route côtière rétrécit bientôt pour ne plus former qu'une voie bordée d'arbres touffus.

— C'est la forêt pluviale tempérée, indiqua Anna.

Kaitlyn y voyait surtout un débordement assez effrayant de vie végétale, comme si la route se taillait un chemin à travers une muraille verte, aux nuances variant du plus clair au plus foncé, mais qui comblait tout l'espace entre la terre et le ciel.

— On ne voit même pas l'océan, objecta Lewis. Comment voulez-vous qu'on sache si on approche ou pas ?

Kaitlyn était bien de son avis et s'en voulait d'avoir opté pour ce trajet.

— Il va falloir prendre des chemins transversaux, dit Rob. Et on se renseignera chaque fois qu'on rencontrera quelqu'un.

Il n'y avait cependant que très peu de chemins transversaux, et encore moins d'habitants à interroger. La route continuait toute droite à travers la forêt, ne laissant que rarement deviner la côte.

Kaitlyn essayait de ne pas se décourager, mais le vide commençait à lui occuper l'esprit. Elle avait l'impression de parcourir ce chemin depuis des siècles. Jamais ils ne trouveraient la maison blanche... qui d'ailleurs n'existait peut-être même pas...

— Hé ! s'écria Lewis. De la bouffe !

C'était un kiosque semblable à ceux qui vendaient des jonquilles dans l'Oregon, mais là le panneau indiquait : « Jours de pain : vendredi, samedi, dimanche ».

— On est dimanche, ajouta-t-il. Et je meurs de faim.

Ils s'arrêtèrent pour prendre deux pains multicéréales. Kaitlyn ne s'était pas rendu compte à quel point elle avait faim et la première bouchée lui fut comme une révélation. C'était une mie dense et humide, refroidie par l'atmosphère du dehors. Cela sentait les fruits secs, c'était nourrissant, revigorant.

— On s'arrête là, dit-elle comme ils passaient devant une petite bâtisse dénommée « Musée Sooke ».

Non pas qu'elle ait grand espoir d'y trouver quelque chose – cela paraissait fermé –, mais elle était prête à tout essayer.

C'était bel et bien fermé, néanmoins ils frappèrent tant et tant qu'une femme finit par venir leur ouvrir. À l'intérieur, des piles de livres s'entassaient à même le sol et un homme, un crayon derrière l'oreille, en faisait l'inventaire.

— Je suis désolée, commença la femme.

Mais Rob s'était déjà lancé avec tout le charme du Sud dans sa voix :

— Nous ne voudrions pas vous déranger, madame, c'est juste pour poser une question : nous cherchons un endroit qui doit se trouver dans les parages et nous pensions que quelqu'un par ici pourrait peut-être nous aider.

— Quel endroit ? demanda-t-elle l'air excédé.

— C'est que nous n'en connaissons pas vraiment le nom. Ça ressemble à une petite péninsule, avec des empilements de rochers de ce genre.

Pleine d'espoir, Kaitlyn leur montra son croquis de l'*inukshuk*, mais la femme secoua la tête, l'air de les prendre pour deux fous.

— Non, je ne sais pas où vous pourriez trouver ça.

Kaitlyn et Rob échangèrent un regard découragé.

— Merci, dit-il tristement.

Tous deux tournèrent les talons et s'en allaient lorsque l'homme aux livres lança :

— Ce ne seraient pas ces trucs à Whiffen Spit ?

Whiffen Spit. Whiffen Spit, Whiffenspit… ce murmure porté par un chœur qui revenait à l'esprit de Kait.

Heureusement, Rob semblait encore capable de bouger. Il se retourna, bloqua la porte du pied :

— Qu'est-ce que vous dites ?

— Whiffen Spit. J'ai une carte dans le coin. Je ne sais pas à quoi servent ces pierres, mais elles ont toujours existé…

Il poursuivit ses explications mais Kaitlyn ne l'entendait plus. Elle avait envie de crier, de courir comme une folle vers la voiture, de faire la roue.

— *On a trouvé ! On a trouvé !* lança-t-elle sur la toile.

Anna et Lewis s'étreignirent en riant et en poussant de petits cris. Puis Lewis s'empara de la carte :

— *Oui, et c'est Whiffen Spit, pas Griffin's Pit ou Whippin' Bit…*

— *C'était Rob le plus proche*, observa Anna.

Devant la voiture, Lydia et Gabriel ne semblaient pas trop participer à la joie générale. Lydia les observait les yeux écarquillés, quant à Gabriel…

— *Tu n'es pas content ?* lui demanda Kaitlyn en arrivant.

— *Je serai content quand je le verrai.*

— Eh bien, ça ne va pas tarder, mon pote, dit Rob.

Il saisit la carte pour la montrer de loin aux gens du musée, et cria :

— On a ce qu'il faut, merci !

— Bon, on ne traîne pas ! dit Kaitlyn. On y va !

Alors qu'ils redémarraient, Lewis se pencha encore sur la carte qu'il lui brandit tout excité sous le nez :

— Regarde ! On voit bien, là, pourquoi les vagues ne viennent que de la droite : c'est l'entrée d'une petite baie et la haute mer est à droite. De l'autre côté, c'est le bassin de Sooke.

Rob s'engagea sur un étroit chemin quasi invisible entre les arbres. Quand il se gara, Kaitlyn eut presque peur de sortir.

— Viens, dit-il en lui tendant la main. On va voir ça ensemble.

Lentement, comme dans un rêve, elle le suivit à travers les arbres jusqu'au bord de l'escarpement, regarda en bas. C'était bien ce qu'elle avait vu en rêve, une petite étendue de terre qui évoquait un doigt replié sur l'eau, entourée de ces mêmes rochers, beaucoup surmontés d'*inukshuks*.

Ils descendirent vers la plage pour enfin mettre les pieds sur Whiffen Spit. Le gravier crissait sous leurs pas, les mouettes tournoyaient. Tout cela leur paraissait tellement… familier.

— Arrête, Kait… murmura Rob.

Alors seulement elle se rendit compte qu'elle pleurait.

— Je suis contente. Regarde.

Elle tendit le doigt vers la falaise d'en face, peuplée d'arbres tellement verts qu'ils en paraissaient noirs, au milieu desquels apparaissait une maison blanche.

— C'est bien réel, souffla Rob.

Agenouillée au bord de la langue de terre, Anna retournait des cailloux.

— Lewis, apporte-moi le plus gros, là.

— Qu'est-ce que tu fais ? demanda celui-ci.

— Je construis un *inukshuk*. Je ne sais pas trop pourquoi, mais il me semble que c'est ce qu'on doit faire.

Rob se joignit à eux, essaya de soulever une pierre.

— Kait…

Il n'eut pas besoin d'en dire davantage. Gabriel venait d'en saisir l'autre bout. Tous deux se toisèrent un instant, puis Gabriel sourit, d'un léger sourire teinté d'amertume mais sans haine aucune. Rob le lui rendit. Sans doute pas aussi large qu'à son habitude, mais avec une nuance d'excuse et aussi d'espoir.

Tous deux soulevèrent la pierre et l'apportèrent à Anna. Le groupe entier finit par s'unir pour construire un beau et massif *inukshuk*.

— Maintenant, on va trouver cette maison blanche, dit Kaitlyn en s'essuyant les mains.

Sur la carte, ils comprirent que la falaise n'était que l'autre partie du bassin de Sooke. Il allait falloir reprendre la voiture et contourner l'anse, du moins aussi loin que les conduirait la route.

Ils roulèrent près d'une heure avant d'aboutir à un cul-de-sac au beau milieu de la forêt.

— Maintenant, il va falloir marcher, dit Rob.

— Pourvu qu'on ne se perde pas, murmura Kait.

Il faisait très frais sous les arbres, cela sentait le sapin humide. Elle entendait leurs pas s'enfoncer dans la terre meuble, avec l'étrange impression de marcher sur des coussins.

— C'est une forêt primitive, s'extasia Lydia. Ça fait penser aux dinosaures.

Effectivement, on avait l'impression que l'être humain n'y était pas le bienvenu, que c'était le royaume des plantes. Elles poussaient partout, les unes sur les autres, les fougères sur les arbres, la mousse sur les troncs.

Ils marchèrent plusieurs heures avant de constater qu'ils étaient perdus.

— L'ennui, c'est qu'on ne voit pas le soleil, dit Rob.

Le ciel était redevenu gris et, sous cette canopée, ils ne trouvaient plus leurs repères.

— L'ennui, c'est surtout qu'on n'aurait jamais dû marcher jusque-là, laissa tomber Gabriel.

— Et comment comptais-tu trouver la maison blanche ?

— J'en sais rien, mais ça, c'était nul.

Ils recommencent à se disputer, songea Kaitlyn en se détournant. Elle s'aperçut alors qu'Anna regardait fixement, sur une branche, un oiseau bleu avec une crête pointue.

— Qu'est-ce que c'est ?

— Un geai de Steller, répondit-elle sans se détourner.

— Et c'est rare ?

— Non. Mais c'est un oiseau assez intelligent pour reconnaître une clairière avec une maison. Et il vole par-dessus les arbres.

Alors Kaitlyn comprit et balbutia :

— Tu veux dire…

— Oui. Chut !

Anna ne quittait pas l'oiseau des yeux. Sur la toile, l'énergie l'entourait comme un halo, s'élevant d'elle en petites ondes de chaleur. Le geai laissa échapper un cri rauque, battit des ailes.

Rob et Gabriel s'interrompirent et se tournèrent avec des yeux ronds.

— Qu'est-ce qu'elle fait ? souffla Lydia.

Kait la fit taire, mais Anna répondit :

— Je vois à travers ses yeux. Je lui transmets ma vision… une maisonnette blanche.

Elle fixait toujours l'oiseau, l'air attentive, son corps se balançant légèrement, ses grands yeux brillant d'un éclat mystique, ses longs cheveux noirs accompagnant son mouvement.

Elle a l'air d'une chamane, songea Kaitlyn, ou de quelque ancienne prêtresse communiquant avec la nature, jusqu'à en faire partie.

— Il sait où chercher, finit par dire Anna. Attendez…

Brusquement, le geai s'envola dans un cri, fila droit vers la canopée et disparut.

— Je sais où c'est, reprit Anna comme en transe. Venez !

Ils la suivirent, escaladant les troncs moussus, sautant par-dessus les ruisseaux, mais elle allait parfois si vite qu'elle semblait sur le point de disparaître. Et cela dura jusqu'à ce que la lumière commence à diminuer. Kaitlyn se sentait prête à tout abandonner.

— Il faut qu'on se repose, haleta-t-elle.

— Pas maintenant ! cria Anna. On est arrivés.

Kaitlyn sursauta, prête à courir un marathon.

— *Tu la vois ?*

— Venez !

Anna s'était arrêtée, une main appuyée au tronc d'un cèdre. Kaitlyn regarda par-dessus son épaule.

— Oh… murmura-t-elle.

La maison blanche se dressait sur un monticule au milieu d'une clairière ; à cette distance, Kaitlyn put constater qu'elle n'était pas solitaire mais entourée de dépendances fissurées et patinées par le temps. En outre, elle paraissait plus grande que Kaitlyn ne l'aurait pensé.

— On a réussi, murmura Rob derrière elle.

Elle se pencha vers lui, trop émue pour parler, même en pensée.

Quand ils avaient trouvé le nom de Whiffen Spit, elle avait eu envie de chanter et de crier ; mais là, les cris lui semblaient inappropriés, cette jubilation était plus profonde, mêlée d'une sorte de respect.

Pendant un long moment, ils restèrent à regarder la maison de leur rêve.

Un long cri rauque les fit revenir à la réalité. Le geai sautillait de branche en branche, l'air de rouspéter. Anna éclata de rire, lui adressa un signe de la tête et il s'envola.

— Je lui ai dit que je le remerciais, expliqua-t-elle, et qu'il pouvait partir. Maintenant, on ferait mieux de continuer, parce qu'on ne retrouvera pas le chemin du retour.

Kaitlyn se sentait mal dans sa peau en quittant cet abri de verdure. *Et si on les dérange ?* songea-t-elle désemparée. *Et si on commettait une grosse erreur ?*

— Vous voyez du monde ? souffla Lewis lorsqu'ils arrivèrent à hauteur du premier bâtiment.

— Non…

À peine Kaitlyn avait-elle répondu que les faits la contredirent. Ils se tenaient devant une grange et, à l'intérieur, il y avait une petite femme armée d'une énorme faux. En les apercevant, elle s'immobilisa sans rien dire. Kaitlyn n'osait ouvrir la bouche. Ce fut Rob qui prit la parole :

— Nous sommes là, dit-il simplement.

La femme les examina l'un après l'autre. Elle était minuscule mais élégante, sans qu'on puisse dire si elle venait d'Égypte ou d'Extrême-Orient. Elle avait les yeux bleus, la peau café au lait et portait un chignon noir aux méandres assez compliqués, ornés de rubans argentés. Soudain, elle sourit.

— Bien sûr ! dit-elle. Nous vous attendions. Mais je croyais que vous ne seriez que cinq.

— Nous… euh… avons pris Lydia en route. C'est une amie, nous nous portons garants pour elle. Mais vous nous connaissez, madame ?

— Bien sûr, bien sûr !

Elle avait un accent indéfinissable, qui n'avait rien de canadien.

— Vous êtes les enfants que nous appelions. Moi, je suis Mereniang, Meren pour faire plus court. Entrez, que je vous présente les autres.

Un immense soulagement s'était emparé de Kaitlyn. Tout allait bien, finalement. Ils avaient terminé leurs recherches.

— Entrez tous, reprit Mereniang en s'essuyant les mains.

Puis elle s'arrêta devant Gabriel :

— Sauf lui.

14

— Quoi ? s'exclama Kaitlyn.

— Que voulez-vous dire ? demanda Rob.

Mereniang leur opposa un visage toujours aimable mais que Kaitlyn trouva soudain assez froid. Et ses yeux… Elle en avait déjà vu de semblables une fois, chez cet homme à la peau caramel qui l'avait interpellée à l'aéroport. Elle avait alors senti dans son regard le poids des siècles, des millénaires. Tant d'années que cette seule idée la faisait chanceler.

Les yeux de cette femme aussi remontaient à la période glaciaire.

— Qui êtes-vous ? laissa échapper Kaitlyn.

De longs cils s'abaissèrent sur les yeux bleus.

— Je vous l'ai dit, Mereniang. Je fais partie de la Confrérie. Nous n'avons pas beaucoup de lois, ici, mais celle-ci ne peut être enfreinte : nul ne peut entrer dans cette maison s'il a pris une vie humaine. Désolée, monsieur.

Une onde de fureur traversa Kaitlyn. Elle se sentit rougir. Mais Rob parla avant elle. Jamais elle ne l'avait vu dans une telle colère.

— Vous voulez rire ! Gabriel n'a pas… Et s'il s'agit de légitime défense ?

— Je regrette, répondit Mereniang. Je ne puis changer les lois. Aspect l'interdit.

Elle semblait effectivement navrée, mais aussi bien décidée à défendre son point de vue. Totalement inflexible.

— Qui est Aspect ? demanda Lewis.

— Pas qui, quoi. C'est notre philosophie, et elle ne fait pas d'exception pour les meurtres accidentels.

— Mais vous ne pouvez pas le jeter dehors ! rugit Rob.

— On s'occupera de lui. Il y a une cabane derrière le jardin, où il pourra entrer, mais pas dans cette maison.

La toile vibrait d'indignation.

— Dans ce cas, laissa tomber Rob, nous n'entrons pas non plus. C'est aussi simple que ça.

Il y avait une totale conviction dans son intonation, qui n'eut aucune peine à rallier Kaitlyn.

— Il a raison, dit-elle. On n'entre pas.

— C'est tout le monde ou personne, dit Anna.

— Et cette loi est idiote, renchérit Lewis.

Ils se tenaient tous épaule contre épaule, unis dans leur détermination. Tous sauf Lydia qui restait silencieuse dans son coin… et puis Gabriel.

Il avait reculé, un mince sourire aux lèvres.

— Allez-y, dit-il à Rob. Obligés.

— Sûrement pas ! répliqua Rob juste devant lui.

Sa silhouette dorée dans le crépuscule bleuté contrastait avec le visage blême et les cheveux noirs de Gabriel. *Le soleil et le trou noir*, songea Kaitlyn. En perpétuelle opposition. Sauf que, cette fois, ils luttaient l'un pour l'autre.

— Si, dit Gabriel. Entrez et voyez ce qui se passe. J'attendrai. Je m'en fiche.

Mensonge que Kaitlyn sentait clairement sur la toile. Mais personne n'y fit allusion. Mereniang attendait toujours avec la patience de ceux pour qui les minutes ne comptaient pas.

Rob finit par pousser un soupir.

— Très bien, dit-il d'un ton irrité.

Il posa sur la femme un regard qui n'avait rien d'amène.

— Attendez ici, dit-elle à Gabriel. Quelqu'un va venir vous voir.

Là-dessus, elle entra dans la maison. Kaitlyn la suivit d'un pas lourd et se retourna avant de franchir le seuil. Gabriel semblait presque petit, tout seul, dans le crépuscule.

La maison était en pierre et offrait des pièces spacieuses avec un haut plafond cathédrale. Le sol aussi était en pierre. Peut-être s'agissait-il d'un ancien temple.

Les meubles étaient assez simples. Il y avait des bancs et des chaises de bois sculpté de style XVIIIe. Kaitlyn aperçut un métier à tisser dans une des nombreuses chambres.

— De quand date cette maison ? demanda-t-elle à Mereniang.

— Elle est très ancienne, et construite sur les vestiges d'une autre encore plus ancienne. Mais nous en reparlerons plus tard. Pour le moment, vous êtes tous fatigués et vous devez avoir faim. Venez, je vais vous apporter quelque chose à manger.

Elle les fit entrer dans une pièce où brûlait un feu dans une immense cheminée ; au milieu se dressait une longue table en pin. Kaitlyn s'assit sur un banc, le cœur lourd. Et le retour de Mereniang, armée d'un lourd plateau, n'arrangea rien. Une fillette la suivait, portant un autre plateau.

— Tamsin, dit-elle en la présentant au groupe.

C'était une ravissante fillette aux longues boucles blondes et au profil grec. Comme Mereniang et l'homme de l'aéroport, elle présentait les caractéristiques de plusieurs races harmonieusement mélangées.

— *Je ne m'attendais pas à ça*, dit Kaitlyn à Rob avec dépit.

Non pas que ces gens eussent l'air dépourvus de pouvoirs magiques, car ils semblaient même en avoir trop, malgré leurs meubles ordinaires et leurs manières simples. Mais ils avaient des manières quelque peu déroutantes, une façon dérangeante de se tenir, de les regarder. Même la petite fille, Tamsin, semblait plus âgée que les arbres géants du dehors.

Néanmoins, la nourriture lui parut délicieuse. Du pain qui rappelait celui acheté sur la route, un fromage doux et blanc, une salade, exquise, de plantes sauvages, de fleurs et de graines. Le tout s'acheva sur des rouleaux aux fruits.

— C'est exactement ça, dit Anna lorsque Lewis lui posa la question. Ce sont des fraises des bois et des framboises.

Il n'y avait ni viande ni poisson.

— Dès que vous aurez terminé, vous pourrez venir voir les autres, annonça Mereniang.

— Et Gabriel ? demanda vivement Kaitlyn.

— Je lui ai fait porter son dîner.

— Non, je veux dire, il ne va pas voir les autres ? Il y a aussi une loi qui l'en empêche ?

Mereniang poussa un soupir et joignit ses petites mains puis les porta à ses lèvres.

— Je fais ce que je peux, dit-elle. Tamsin, emmène-les dans la roseraie. C'est le seul endroit assez chaud. J'arrive.

— *La roseraie, chaude ?* interrogea Lewis en suivant la fillette.

Curieusement, c'était le cas. On y trouvait des roses épanouies, de toutes les couleurs, écarlates, orange et rose vif. Chaleur et lumière semblaient provenir de la fontaine au centre du jardin clos.

Non, se dit Kaitlyn, *pas de la fontaine. Du cristal dans la fontaine*. Quand elle l'avait vu sur la photo, elle ignorait ce que c'était ; elle s'était demandé s'il s'agissait d'une sculpture ou d'une colonne.

Il ne ressemblait pas au cristal de M. Zetes, dont le corps central était hérissé de parasites. Celui-ci était net, tout en lignes droites et en facettes parfaites. Il palpitait doucement d'une lumière laiteuse qui attiédissait l'atmosphère alentour.

— Il émet un champ bioénergétique, observa Rob en tendant la main.

Kaitlyn sentit un frémissement sur la toile et s'adressa à Gabriel qui les rejoignait :

— Ça vaut tous les feux de camp !

Tous se rassemblèrent joyeusement autour du cristal. Même Lydia souriait. La porte du fond s'ouvrit sur Mereniang accompagnée de plusieurs personnes.

— Voici Timon, commença-t-elle.

L'homme qui s'avança paraissait vraiment âgé. De haute taille mais fragile, les cheveux blancs, le visage ridé à l'expression aimable, la peau quasi transparente.

— *C'est le chef ?* demanda silencieusement Kaitlyn.

— Je suis poète et historien, dit-il avec un sourire malicieux. Mais en tant que membre le plus âgé de la Confrérie, il m'arrive de devoir prendre des décisions.

Elle le considéra le cœur battant. Et s'il l'avait « entendue » ?

— Et voici LeShan.

— On s'est déjà rencontrés, dit Gabriel avec son sourire ironique.

C'était l'homme au teint caramel de l'aéroport. Il avait les cheveux brun clair, couleur bouleau argenté, et des prunelles d'un noir profond sous des paupières bridées. Il jeta un regard acéré vers Gabriel.

— Je m'en souviens, dit-il. La dernière fois que je vous ai vu, vous me menaciez d'un couteau sous la gorge.

— Et vous immobilisiez Kaitlyn.

La réponse de Gabriel sema la consternation parmi la Confrérie.

— Je voulais vous prévenir ! rétorqua l'autre en s'avançant vers lui.

— LeShan ! s'écria Mereniang. LeShan, Aspect !

Il s'interrompit dans son mouvement, finit par reculer. Si Aspect était une philosophie non violente, Kaitlyn se dit qu'il devait avoir quelques difficultés à la respecter. Il était plutôt du genre démonstratif.

— Maintenant, dit Timon, on peut s'asseoir. Nous allons tâcher de répondre à vos questions.

Kaitlyn prit place sur un banc le long du mur. Elle avait tant de questions qu'elle ne savait par où commencer. Dans le silence, elle entendait le coassement des grenouilles et le chuchotis de l'eau de la fontaine. L'air embaumait le parfum des roses, et la lueur pâle du cristal se reflétait dans les fins cheveux de Timon et sur le beau visage de Mereniang.

Nul ne disait mot. Lewis pressa Kaitlyn :

— *Vas-y !*

— Qui êtes-vous, tous ? finit-elle par demander.

Timon sourit :

— Les derniers survivants d'une race ancienne, le peuple du Cristal.

— C'est ce que j'ai entendu dire, commenta Lydia. Qu'un peuple utilisait ce nom. Mais je ne sais pas ce que ça veut dire.

— Notre civilisation se servait du cristal pour produire et concentrer l'énergie. Pas n'importe quel cristal… il devait être parfaitement pur et facetté d'une certaine façon. Nous l'appelions le Grand Cristal ou Pierre de feu. Il nous servait de centrale ; nous en tirions notre énergie comme vous la chaleur du charbon.

— C'est donc possible ? demanda Rob.

— Pour nous, ça l'était. Mais nous étions un peuple de médiums ; notre société était fondée sur le pouvoir psychique.

Timon désigna le cristal de la fontaine avant de poursuivre :

— Voici le dernier élément parfaitement pur que nous ayons pu sauvegarder. Il nous fournit l'énergie nécessaire pour faire fonctionner ce domaine. Sans lui, nous ne pourrions vivre. Dans l'ancien temps, il nous faisait même rajeunir ; ici, il parvient tout juste à enrayer les ravages du temps.

Voilà donc pourquoi beaucoup d'entre eux avaient l'air si jeunes malgré les innombrables années qu'elle lisait dans leurs regards, conclut Kaitlyn.

— Aucun livre d'Histoire ne mentionne votre existence, objecta Lewis. Rien qui parle d'un peuple qui ait tiré son énergie du cristal.

— Parce que ça se passait bien avant que vous n'ayez inventé l'Histoire, répondit Timon. Mais je peux vous assurer que cette civilisation a existé. Platon en a parlé, quoiqu'il n'ait fait que reprendre ce qu'on lui avait raconté. Un pays où vivait le plus beau et le plus noble des peuples, formé d'anneaux alternés de terre et d'eau, à la ville ceinte de trois murailles. Ils extrayaient un métal appelé orichalque, aussi précieux que l'or et qui brillait de reflets rouges dont ils se servaient pour orner leur troisième muraille.

Kaitlyn en eut le souffle coupé ; à mesure que Timon parlait, elle voyait ce qu'il décrivait, les images envahissaient son esprit, comme lorsque Joyce avait posé un éclat de cristal sur son troisième œil. Elle voyait une ville entourée de trois remparts, un de cuivre, un autre d'étain, le dernier scintillant comme de l'or rouge. La ville elle-même était d'une splendeur barbare avec ses bâtiments recouverts d'argent, aux pinacles d'or.

— Ils avaient tout, continuait Timon de sa voix douce. Toutes sortes de plantes, herbes, racines et feuilles, mais aussi des sources chaudes et des bains minéraux, un sol riche pour cultiver ce qu'ils voulaient, des aqueducs, des jardins, des quais, des bibliothèques, des écoles.

Kaitlyn voyait tout cela. Des bosquets verdoyants alternant avec de belles bâtisses, et des gens qui y vivaient en harmonie, sans conflits raciaux. Elle demanda comme dans un rêve :

— Mais que s'est-il passé ? Qu'est devenu ce pays ?

— Ils ont perdu le respect de la terre, dit LeShan. Ils lui ont pris et repris sans jamais rien lui rendre.

— Ils ont détruit l'environnement ? intervint Anna.

— Ce n'est pas aussi simple, reprit Timon. À la fin, il y avait un fossé entre ceux qui recouraient à leurs pouvoirs pour faire le bien et ceux qui avaient choisi de servir le mal. Car autant le cristal était source de bienfaits, autant il pouvait fonctionner comme un instrument de torture et de destruction. Beaucoup de gens se sont tournés vers la loge Noire en utilisant le cristal à des fins nocives.

— Pendant ce temps, ajouta LeShan, les « bons » maîtres psychiques sollicitaient trop leurs propres cristaux. Ils devenaient cupides. Lorsque l'énergie diffusée par le cristal se révélait trop forte, elle provoquait un déséquilibre artificiel qui a d'abord causé des tremblements de terre, puis des inondations.

— Et c'est ainsi que ce continent a disparu, conclut tristement Timon. Le peuple y a presque entièrement succombé, à part quelques voyants qui ont pu s'échapper car ils avaient prévu les événements ; certains sont partis s'installer en Égypte, certains, au Pérou, et d'autres…

Levant la tête, il regarda le groupe de Kait.

— … en Amérique du Nord.

Elle fronça les sourcils, car aucune image n'accompagnait les dernières paroles du poète.

— Cette petite enclave est tout ce qui reste de notre peuple, reprit Timon ; nous ne demandons qu'à vivre en paix, nous ne nous mêlons pour ainsi dire pas au monde extérieur.

Ce fut Rob qui posa la question suivante :

— Vous devez savoir que M. Zetes, l'homme que nous fuyons, possède également un cristal.

Les membres de la Confrérie hochèrent la tête en grimaçant.

— Nous sommes les seuls survivants de race pure, dit alors Mereniang. Mais d'autres se sont mariés avec les habitants de leur nouveau pays. Votre M. Zetes est un descendant de l'une de ces familles. Il doit avoir hérité de ce cristal, ou il l'a exhumé après des siècles.

— C'est un cristal très différent du vôtre, observa Rob. Il est couvert de pointes.

— C'est mauvais, déclara simplement Mereniang.

— Et ça a blessé Gabriel.

Sur la toile, Kaitlyn perçut la tension de ce dernier. Il avait beau se contrôler, elle le sentait habité autant par l'espoir que par la rancœur… et il commençait à souffrir, comme toutes les nuits… il allait bientôt avoir besoin d'énergie.

— M. Zetes l'a fait entrer en contact avec Gabriel, expliqua Rob. Comme vous l'avez dit, pour le torturer. Ça lui a laissé… quelques séquelles.

Mereniang s'approcha de lui pour l'examiner, lui posa une main sur le front, sur son troisième œil, le faisant frémir mais pas reculer pour autant.

— Attendez un instant…

Elle s'interrompit, le regard fixé sur un objectif invisible, l'oreille tendue, dans la même attitude que Rob lorsqu'il soignait.

— Je vois, souffla-t-elle gravement en retirant sa main. Le cristal a accru votre métabolisme. Désormais, vous brûlez si vite votre énergie qu'il vous faut l'alimenter de l'extérieur.

Elle parlait d'un ton détaché, mais Kait était certaine d'avoir aperçu une lueur nettement moins impartiale dans son regard. Un certain dégoût.

Oh non ! songea-t-elle. *Si Gabriel le ressent…*

— Il y a une chose qui pourrait l'aider, reprit Mereniang. Posez les mains sur le cristal.

Il lui jeta un regard mauvais, pourtant il fit ce qu'elle lui demandait. À l'approche de la lueur blanche, son visage parut particulièrement blafard.

— Les deux mains, dit Mereniang.

Il s'exécuta, et son corps tressaillit comme s'il prenait une décharge électrique. Kaitlyn se leva soudain, imitée par Rob et les autres. Mais sur la toile passa un flot d'énergie qui entra en Gabriel, froide, loin de susciter la joie et la gratitude que Kait avait senties lorsqu'il la recevait d'elle... néanmoins, cela le nourrissait. Le rassasiait.

Elle se rassit. Gabriel ôta ses mains du cristal et demeura un instant devant, la tête basse, le souffle court. Il se retourna.

— Je suis guéri ? demanda-t-il à Mereniang.

— Oh... non !

Pour une fois, cette belle femme brune parut gênée, incapable de soutenir le regard de Gabriel.

— Malheureusement, on n'en guérit jamais... sauf en détruisant le cristal qui vous a fait ça. Mais tous ceux qui produisent de l'énergie peuvent vous aider...

Trop énervé pour rester poli, Rob l'interrompit :

— Attendez, si je comprends bien, il suffirait de détruire le cristal de M. Zetes pour le guérir ?

— A priori.

— Alors, qu'est-ce qu'on attend ? Allons-y !

Mereniang jeta un regard navré à Timon, et les membres de la Confrérie échangèrent des coups d'œil incertains.

— Ce serait trop facile, répondit alors Timon. Pour détruire ce cristal, il faudrait commencer par détruire celui-ci. Car le seul moyen d'anéantir le mauvais cristal est de l'unir à l'éclat d'un cristal encore pur.

— Or, celui-ci est le dernier, leur rappela Mereniang.

— Donc… vous ne pouvez pas nous aider, conclut Rob.

— Pas pour ça, malheureusement.

Kait regardait Gabriel qui baissait les épaules comme sous l'effet d'un poids soudain. Sur la toile, elle ne perçut que la carapace derrière laquelle il se réfugiait peu à peu… et aussi l'inquiétude de ses compagnons. La Confrérie ne pouvait guérir le vampirisme psychique de Gabriel. Dans ce cas, qu'en serait-il de leurs autres difficultés ?

— Nous voulions vous parler de quelque chose d'autre, lança Lewis non sans inquiétude. En fait, on voulait savoir ce que M. Zetes avait derrière la tête, alors… enfin, c'est une longue histoire, et on s'est retrouvés avec ce lien télépathique, tous ensemble. On ne peut pas s'en débarrasser.

— La télépathie est l'un des dons de l'ancienne race, dit Timon en regardant Kaitlyn avec insistance. L'aptitude à communiquer d'esprit à esprit est une chose merveilleuse.

— Mais on ne peut pas l'arrêter, insista Lewis. Gabriel nous a liés, et maintenant on ne peut plus se déconnecter.

Toute la Confrérie se tourna vers Gabriel, l'air de dire : « Encore lui ? », comme s'ils le considéraient comme un perturbateur. Kaitlyn le sentit parcouru d'une onde de colère.

— Malheureusement, nous ne pouvons pas faire grand-chose là non plus, dit Mereniang. Nous pouvons y réfléchir, si vous voulez, mais une union à cinq reste des plus stables et ne peut en principe être brisée que par…

— … par la mort de l'un d'entre nous, répondirent Kaitlyn et Anna en chœur.

Elles se regardèrent d'un air désespéré.

— Ou par la distance, intervint Timon. Si vous parveniez à établir une distance physique entre vous, cela ne briserait pas le lien, bien sûr, mais vous ne le ressentiriez plus aussi fortement.

— Écoutez, dit Rob en passant une main dans ses cheveux déjà ébouriffés, le plus important, c'est M. Zetes. Nous comprenons que vous ne puissiez rien faire pour Gabriel ni pour briser le lien… mais vous allez pouvoir nous aider contre M. Zetes, non ?

S'ensuivit un silence plus assourdissant que bien des cris.

— Nous sommes un peuple pacifique, finit par répondre Timon, avec l'air de s'excuser.

— Pourtant, il a peur de vous. Il voit en vous une menace, la seule qui soit vraiment redoutable pour lui.

D'un coup d'œil, il chercha l'approbation de Lydia qui hocha la tête.

— Nous n'avons pas le pouvoir de destruction, dit Mereniang.

LeShan serrait les poings… lui, au moins, le regrettait. Quant à Rob, il protestait encore :

— Vous voulez dire que vous ne pouvez rien faire pour l'arrêter ? Vous vous rendez compte de ce qu'il prépare ?

— Nous ne sommes pas des guerriers, dit Timon. Seuls les plus jeunes d'entre nous peuvent quitter ce domaine pour aller voyager dans le monde. Les autres sont trop faibles… trop vieux.

— Mais vous ne pouvez rien faire psychiquement ? demanda Kaitlyn. M. Zetes nous a attaqués à distance.

— Ce serait le meilleur moyen de nous faire repérer, rétorqua LeShan.

— Votre M. Zetes a un vrai pouvoir de destruction, dit Timon. S'il découvre ce domaine, il nous attaquera. Notre sécurité ne dépend que du secret.

Relevant la tête, Gabriel sortit de son long silence :

— Alors, c'est que vous nous faites drôlement confiance !

— Lorsque vous êtes arrivés ici, dit Timon, Mereniang a sondé vos cœurs. Aucun d'entre vous n'est venu dans le but de trahir.

Kaitlyn n'en pouvait plus. Elle se leva brusquement :

— Vous ne pouvez pas aider Gabriel, éructa-t-elle, vous ne pouvez pas briser notre lien et vous refusez de nous aider à combattre M. Zetes... alors pourquoi nous avoir fait venir ici ?

Une infinie tristesse emplit les yeux de Mereniang, un regret sans fin, tempéré par la sérénité de la résignation.

— Pour vous offrir un refuge. Nous voulons que vous restiez ici. À jamais.

15

— Mais, et Gabriel ? demanda Kaitlyn.

— Il peut rester aussi.

— Sans entrer dans la maison ?

— Écoutez, intervint Rob, personne ne prendra de décision pour le moment. On doit discuter de certaines choses…

— C'est le seul endroit où vous ne risquiez plus rien, indiqua Mereniang. Nous avons toujours eu beaucoup de visiteurs mais n'avons pas proposé à beaucoup de rester. Nous ne le faisons que s'ils n'ont plus le choix, si leur sécurité est en jeu.

— Il y a des invités, parmi vous ? demanda Kaitlyn.

— Le dernier est mort il y a longtemps. Pourtant, il a vécu plus longtemps qu'il ne l'aurait fait dans le monde extérieur… et ce sera la même chose pour vous. Vous êtes de notre race et le cristal vous nourrira régulièrement.

Lewis tordait sa casquette de base-ball :

— Pardon ? On est « de votre race » ?

— Tous les êtres doués de pouvoirs parapsychiques descendent de l'ancienne race. Vous deviez compter parmi vos ancêtres un ressortissant du peuple du Cristal et son sang s'est réveillé en vous. Mes enfants, votre place est ici.

Kait ne savait que dire. Jamais elle ne s'était sentie aussi déroutée. La Confrérie ne ressemblait en rien à ce qu'elle avait espéré et cette découverte la laissait comme hébétée. De même, sur la toile, tant d'émotions circulaient qu'il devenait impossible de deviner ce que pensaient les autres.

Ce fut Rob qui les sauva grâce à sa politesse coutumière :

— Nous sommes très fiers que vous nous jugiez dignes de vivre ici et tenons à vous en remercier, mais il faut que nous en discutions d'abord, vous comprenez.

C'était une affirmation, pourtant, il interrogeait du regard chaque membre de la Confrérie. Mereniang paraissait ennuyée, mais Timon répondit :

— Certes, certes. Vous êtes tous fatigués et vous aurez les idées plus claires demain. Rien ne presse.

Alors que la réunion semblait s'achever, Rob glissa aux membres du groupe :

— *On leur reparlera d'abord de M. Zetes.*

Kaitlyn cherchait Gabriel des yeux. Il parlait à Lydia mais s'arrêta quand il sentit son regard.

— Ça ira ? lui demanda-t-elle.

— D'après toi ? Ils me laissent un petit lit de camp dans la cabane à outils…

— Et si on allait tous passer la nuit là-bas, avec toi ? Tu veux que je demande à Meren…

— Non ! coupa-t-il brutalement. Ne t'inquiète pas pour moi. Ça ira. Repose-toi.

Toujours sa carapace, songea-t-elle.

— Bonne nuit, Kait.

Elle écarquilla les yeux. C'était bien la première fois qu'il lui souhaitait une bonne nuit.

— Je… bonne nuit, Gabriel.

Mereniang les rassembla pour les installer dans la maison, laissant Gabriel en compagnie de deux hommes.

Ce fut alors que Kaitlyn se rappela une question qu'elle avait oublié de poser :

— Meren, vous connaissez les *inuksuks* de Whiffen Spit ?

— Timon saura mieux vous en parler.

— Je me demandais ce qu'ils faisaient là. Et s'ils signifiaient quelque chose.

— Ce sont les peuples anciens qui ont lancé cette tradition, dit Timon en souriant. Ils étaient venus du nord pour faire du commerce. Ils trouvaient que les lieux possédaient un grand pouvoir magique et ils y ont laissé des signaux d'amitié. Mais cela remonte à très longtemps. Nous avons, depuis, vu le monde changer autour de nous… nous seuls sommes restés les mêmes.

Il y avait une note de fierté dans son intonation, un rien d'arrogance dans l'expression de Mereniang.

— Vous ne croyez pas que le changement a parfois du bon ?

Timon parut brusquement sortir de sa rêverie mais nul ne répondit à la question.

La chambre de Kaitlyn était très ordinaire, avec un lit encastré, une chaise, une bassine sous une glace. Ce serait la première fois qu'elle dormirait seule depuis une semaine. Ça ne lui plaisait pas spécialement, mais elle était si fatiguée qu'elle s'endormit très vite.

Seul dans la cabane, Gabriel gardait les yeux ouverts.

Ainsi, Mereniang avait « sondé leurs cœurs » ? Cette idée le fit sourire. La Confrérie ne semblait pas se rendre compte que leurs cœurs pouvaient changer. Lui-même avait changé depuis son arrivée ici.

Cela avait commencé la nuit précédente, sur le quai, lorsqu'il avait pris conscience de ses sentiments pour Kaitlyn… et que celle-ci avait fait son choix. Il ne pouvait lui en vouloir, ni à elle ni à Kessler, d'ailleurs. Tous deux semblaient faits l'un pour l'autre, rivalisant de gentillesse et d'honnêteté. Mais cela ne signifiait pas pour autant qu'il devait se le tenir pour dit.

Et voilà que, ce soir, son dernier espoir s'était évanoui. Le peuple du Cristal ne pouvait le guérir, et ne semblait même pas y tenir. Ce dégoût, cette critique qu'il avait lus dans leurs yeux !

Vivre ici ? Dans leurs dépendances ? Affronter jour après jour leur jugement ? Être témoin des mamours de Kessler et Kaitlyn ? *Non merci ! Finalement, je devrais être reconnaissant à la Confrérie de m'avoir montré ma véritable nature. Aux temps anciens, j'aurais rejoint la loge Noire, moi aussi, et donné la chasse à ces mauviettes.*

L'équation était simple : il n'appartenait pas au camp des bons, donc il devait forcément être un méchant… rien de neuf là-dedans. Sauf que Kait avait failli lui faire oublier qui il était vraiment. Elle l'avait presque convaincu qu'il pouvait vivre en pleine lumière, qu'il n'était pas un tueur né. Dès demain, elle pourrait constater à quel point elle s'était trompée.

Il recula un peu pour contempler le corps étendu sur le sol, parmi les outils. L'homme s'appelait Theo.

La Confrérie l'avait envoyé y passer la nuit, Gabriel ne savait trop si c'était pour lui tenir compagnie ou pour le surveiller. Maintenant, il était dans le coma, pas vraiment mort, mais c'était tout comme. Gabriel avait sondé son esprit et ainsi découvert l'existence d'un chemin secret à travers cette forêt impraticable. Et puis, il n'avait pas craché sur ce supplément d'énergie…

À présent, il n'attendait plus que Lydia. Il lui avait murmuré quelques mots à l'oreille dans la roseraie, pour qu'elle le rejoigne cette nuit. Il ne doutait pas un instant qu'elle allait arriver. Alors, il lui demanderait si elle tenait tant à passer les soixante-dix prochaines années dans une communauté de vieux hippies gâteux ou si la vie ne lui paraissait pas plus tentante sous le soleil de Californie, où Gabriel avait l'impression que M. Zetes était en train d'établir une petite loge Noire de son cru.

Lydia était un être faible. Il pensait pouvoir la convaincre. Sinon, elle connaîtrait le même sort que Theo. Lewis ne serait pas content, mais quelle importance ?

Un court instant, une image lui traversa l'esprit de ce qui arriverait à la Confrérie une fois qu'il aurait communiqué à M. Zetes les informations nécessaires pour attaquer la maison blanche. Ce ne serait pas joli à voir. Et Kait au milieu de tout ça… Il préféra chasser cette idée. Il devait au moins avoir le courage de ses opinions. Tant qu'à mal agir, autant le faire jusqu'au bout. Désormais, plus de demi-mesures.

En outre, Kessler serait là. Il n'aurait qu'à s'occuper de Kaitlyn, lui. Des pas résonnèrent à l'extérieur de la cabane. Tout sourire, Gabriel s'apprêta à accueillir Lydia.

Un cri retentit.

Kaitlyn l'entendit dans son sommeil et fut ramenée à la conscience. Le temps qu'elle soit complètement réveillée, elle se rendit compte que c'était toute la toile qui retentissait de signaux d'alarme.

Elle se leva et s'habilla en hâte tout en lançant :

— *Qu'est-ce qui se passe ?*

— *Je ne sais pas*, répondit Rob. *On a tous reçu le message. Il est arrivé quelque chose…*

Des gens couraient à travers les couloirs de la maison blanche. Apercevant Tamsin, Kaitlyn se précipita vers elle.

— Vos amis, l'informa celle-ci.

Elle avait des yeux vert olive qui contrastaient étrangement avec ses cheveux blonds.

— Le garçon dehors et la jeune fille…

— Gabriel et Lydia ? Qu'est-ce que…

— Ils sont partis, annonça Mereniang qui sortait d'une chambre. Et l'homme qu'on a envoyé surveiller Gabriel est à moitié mort.

Kaitlyn crut que son cœur allait la lâcher. Elle n'arrivait plus à bouger ni à respirer. Ce n'était pas possible ! Gabriel ne pouvait avoir fait une chose pareille… Pourtant, en repensant à son attitude, la nuit passée, à ses yeux gris devenus opaques, à sa carapace… comme s'il avait perdu tout espoir…

Elle ne trouvait plus trace de lui sur la toile. Rob surgit et lui posa un bras sur l'épaule pour la réconforter. Elle en avait besoin car elle ne tenait plus debout.

— Lydia est partie aussi ? demanda Lewis livide.

Mereniang se contenta de hocher la tête.

— Ils ne peuvent pas être allés bien loin, murmura Kaitlyn. Ils ne pourront pas retraverser la forêt tout seuls.

— Le gardien connaissait un chemin, dit Mereniang d'un ton à peine altéré. Gabriel a dû sonder son esprit. Il sait tout, maintenant.

— Ce doit être Lydia ! explosa Rob. Gabriel n'aurait jamais fait ça de lui-même. Elle a dû le convaincre.

Kaitlyn sentit sa douleur mais aussi celle de Lewis, qui s'opposait à lui.

— Je ne dirais pas ça, réfuta Mereniang. Je me suis aperçue hier soir que Gabriel était dangereux, mais je ne me rendais pas compte à quel point ; dire que j'ai envoyé Theo le surveiller…

— Je n'arrive pas… à y croire, bredouilla Kaitlyn.

— Pour moi, c'est la faute de Lydia, insista Rob.

— Peu importe ce que vous croyez, coupa Mereniang. Ce n'est pas le moment. Il faut nous préparer à une attaque.

— Vous allez attaquer ? interrogea Lewis horrifié.

— Non ! C'est nous qui allons être attaqués. Dès que ces deux-là auront communiqué avec votre M. Zetes. Ils ont dû fuir pour le rejoindre.

Cette fois, Kaitlyn crut défaillir. Elle entendit Anna souffler :

— Oh non !

Elle tenta de se convaincre que jamais Gabriel ne ferait une chose pareille, qu'il avait dû juste prendre la fuite. Mais les violents battements de son cœur lui disaient le contraire.

— Mereniang ! On a besoin de vous dans la roseraie !

La voix provenait de la porte.

— J'arrive, lança la femme. Restez là, les enfants. Vous êtes moins exposés à l'intérieur.

Quand elle fut partie, Kaitlyn s'accrocha à Rob alors que tout tournait autour d'elle.

— *Tu crois qu'il va faire ça ?*

— *Je ne sais pas*, répondit-il en l'étreignant.

— *Rob, c'est notre faute ?*

La pire des questions, celle qui hanterait ses nuits si elle survivait à cette journée. Elle sentait aussi la détresse de Lewis. Rob n'eut pas le temps de répondre que l'attaque commençait.

Un vent glacial traversa le couloir, ou plutôt une tempête qui plaqua les cheveux de Kaitlyn sur ses joues et défit la natte d'Anna, traversa leurs vêtements telle une lame aiguisée. Puis vint un cliquetis qui fit trembler les bancs contre les murs et claquer les portes arrachées de leurs charnières.

Ce fut tellement soudain que, sur le coup, elle ne put que s'accrocher à Rob en tremblant de tous ses membres.

— Il faut rester ensemble ! s'écria celui-ci en tendant les bras vers Anna et Lewis.

Tous quatre s'étreignirent pour résister au blizzard.

Un chuintement violent retentit à leurs oreilles, semblable à ce qu'ils avaient entendu dans le van, comme un verre de cristal frotté par un doigt, une fréquence douloureuse, insupportable.

Et cette odeur d'égout, de chair moisie charriée par le vent…

— Qu'est-ce qu'ils fabriquent ? lança Lewis. Ils veulent nous faire mourir d'écœurement ?

— Meren a dit que ce serait pire dehors ! rétorqua Anna.

Inutile d'essayer d'employer la télépathie. Toute la toile vibrait de la même note perçante.

— Ils l'ont appelée dans la roseraie ! cria Rob. C'est là qu'ils gardent le cristal. On y va ! On pourra peut-être les aider.

Ils sortirent courbés en deux pour résister au vent bien pire dehors, sous un ciel noir. On ne se serait certainement pas cru le matin mais dans un crépuscule irréel.

Rob ne cessait de les appeler et ils finirent par entrer dans la roseraie. C'était de là que provenaient la puanteur et le sifflement. Les roses étaient déchiquetées, leurs pétales, dispersés par le vent.

— Mon Dieu, le cristal ! s'écria Anna.

Toute la Confrérie s'était rassemblée autour, et beaucoup d'entre eux, dont Timon et Mereniang, avaient posé les mains dessus. Le monolithe vibrait de toutes les couleurs de l'arc-en-ciel, avec une violence éblouissante, impossible à soutenir.

Mais ce n'était pas ce qui avait alerté Anna. Superposé au monolithe apparaissait un autre cristal fantomatique, incolore. *Le cristal de la cave de Monsieur Z.*, songea Kait abasourdie. Ou plutôt, son image astrale. Et autour de ce cristal corrompu, les images astrales des attaquants, spectres visibles parmi les corps des membres de la Confrérie.

Les petits hommes gris, ceux qu'elle avait vus dans le van. Ils s'appuyaient sur le cristal, le touchaient des paumes et du front, utilisant sa puissance pour… *pour quoi, au fait ?* s'avisa soudain Kaitlyn.

— Qu'est-ce qu'ils veulent faire ? demanda-t-elle à Rob.

— Détruire notre cristal, répondit une femme de la Confrérie devant la fontaine. Ils ont envoyé une vibration pour l'ébranler. Ils n'y arriveront pas, du moins tant que notre pouvoir le protégera.

— On peut vous aider ? cria Rob.

La femme fit non de la tête, mais tous deux la dépassèrent, se faufilèrent à travers la foule jusqu'à se trouver derrière Timon et Mereniang. Le corps du vieillard tremblait tellement que Kaitlyn se demanda s'il allait y résister ; elle-même frissonnait, non de froid mais à cause du cristal. Le sol, la fontaine, tout vibrait d'une seule et terrible note.

— Tant de haine… tant de mal…

Plus qu'un cri, c'était un geignement à peine audible, mais elle voyait les lèvres de Timon remuer sur ces paroles.

— Je ne savais pas, gémit-il. Je ne me rendais pas compte… faire de telles choses à des enfants…

Kaitlyn ne comprit pas mais s'aperçut que Mereniang aussi avait le visage tordu d'horreur, les yeux emplis de larmes. Elle releva la tête vers les petits hommes gris et se rendit compte qu'elle les distinguait beaucoup mieux que dans le van, comme s'ils allaient se matérialiser ici, apparaître physiquement. Elle voyait leurs corps, leurs mains… et leurs visages.

Elle reconnut l'un d'entre eux. Elle l'avait déjà vu… du moins en photo. Sur un dossier intitulé « Sabrina Jessica Gallo ». Mais M. Zetes lui avait dit qu'ils étaient tous devenus fous. Ses premiers étudiants, ceux de l'étude pilote. Sans doute cela ne le dérangeait-il pas, sans doute devenaient-ils ainsi plus faciles à contrôler…

Elle sentit des larmes couler sur ses joues. Timon avait raison, M. Zetes était le mal incarné.

Et il semblait gagner la partie. Le cristal de la fontaine vibrait de plus en plus frénétiquement, le kaléidoscope de couleurs disparaissait dans l'autre cristal tout gris.

— Timon, arrête ! s'exclama Mereniang. Tu es trop vieux pour ça. Le cristal devrait te soutenir et non le contraire.

Mais le vieillard ne semblait pas l'entendre.

— Tant de haine… répétait-il encore. Je ne comprenais pas…

— Rob, il faut qu'on fasse quelque chose ! cria Kaitlyn.

Ce fut Timon qui lui répondit, d'une voix télépathique qui traversa la toile. Une voix si forte que Kaitlyn se tourna vers lui.

— *Oui, nous devons faire quelque chose : lâcher le cristal !*

Mereniang aussi le regardait, bouche bée.

— Timon, si on le lâche…

— *Allez-y !* rugit la voix. *Chacun d'entre vous. Lâchez-le !*

Là-dessus, Timon s'écarta en baissant les mains.

Kaitlyn en avait le tournis. Les autres membres de la Confrérie se regardèrent un instant, éperdus. Et puis, elle vit une autre silhouette reculer. LeShan, dont les yeux de lynx brillaient d'un éclat étrange alors qu'il brandissait ses mains en l'air. Il fut bientôt imité par un autre membre de la Confrérie, puis par un autre. En fin de compte, il ne resta que Mereniang pour tenir le cristal.

— *Lâche-le !* lui enjoignit Timon.

La note siffla de plus en plus haut.

— Lâche, souffla Timon comme si ses dernières forces l'abandonnaient. Que quelqu'un… Elle va être tuée…

Rob s'avança d'un bond, attrapa Mereniang par la taille et la tira à lui, la détachant ainsi du cristal. Tous deux tombèrent à terre.

Le terrible sifflement fit place à un assourdissant fracas, comme si des millions de verres se brisaient contre le sol. Un bruit qui se répercuta sur tous les nerfs de Kaitlyn.

Le grand cristal vibrait.

S'ensuivit une sorte d'explosion, bien que la seule chose qui éclatât fût la lumière, une irradiante déflagration, aussi aveuglante qu'assourdissante. Kaitlyn ne vit plus que l'image imprimée sur ses paupières de milliers d'éclats virevoltant dans les airs.

Elle tomba à genoux, les bras autour de la tête ; lorsqu'elle rouvrit les yeux, le monde avait changé. Le vent avait disparu, ainsi que l'odeur écœurante. Et que les deux cristaux. Le gris s'était envolé avec les petits hommes gris. Quant à l'autre, le dernier parfaitement lisse, il n'était plus que débris dans les eaux de la fontaine.

Prise de vertige, Kaitlyn n'en croyait pas ses yeux.

Timon gisait dans l'herbe, une main repliée sur la poitrine, les yeux clos, le teint cireux.

Rob se relevait lentement, en essayant de ne pas trop bousculer Mereniang tombée sur lui et qui pleurait.

— Pourquoi ? gémissait-elle.

C'était aussi ce que se demandait Kaitlyn : *Pourquoi ? Pourquoi ?*

Les paupières de Timon frémirent.

— Prenez un éclat et donnez-le aux enfants.

16

Mereniang paraissait aussi stupéfaite qu'horrifiée. Elle ne bougeait pas. Ce fut LeShan qui se précipita pour plonger une main dans la fontaine.

— Tiens, dit-il en tendant un éclat de cristal à Rob.

LeShan était penché sur Timon qui, une main sur sa poitrine, ne releva même pas la tête.

— Accrochez-vous, lui dit LeShan. Mereniang, il est si faible ! Comme si sa force vitale avait disparu…

— C'était le cristal qui le soutenait, murmura-t-elle en regardant tristement le vieillard. C'est sa vie qui a explosé avec lui.

— Il n'est pas mort ! rectifia Rob avec force.

Fermant les yeux, il plaça une main sur le front de Timon. Kaitlyn sentit l'énergie guérisseuse passer en lui.

— Non, souffla Timon. Ce n'est pas la peine. Je vous demande plutôt de m'écouter.

— Ne parlez pas, ordonna Rob.

Cependant, Kait s'agenouilla près de lui. Elle voulait comprendre ce qui s'était passé.

— Pourquoi avoir fait ça ? demanda-t-elle.

Il rouvrit les yeux, posa sur elle un regard d'une étrange sérénité et parvint même à esquisser un sourire.

— Vous aviez raison, dit-il faiblement. Le changement a du bon… du moins, il est nécessaire. Prenez l'éclat.

LeShan leur tendait toujours le morceau de cristal. Kaitlyn ouvrit la main. Il était presque aussi épais que son poignet, long comme le bras, froid et lourd, aux facettes coupantes.

— Gardez-le avec vous, emportez-le et faites ce qu'il y a à faire, murmura Timon.

Elle dut se pencher pour distinguer ses paroles. Rob transpirait, ses mains tremblaient, mais Timon semblait encore lui échapper.

— Il y a des choses si néfastes qu'on doit les combattre…

Un frisson le parcourut et un bruit étrange jaillit de sa poitrine. *Le râle de la mort*, songea Kaitlyn trop consternée pour réagir. C'était comme si elle entendait l'âme quitter ce corps.

Timon gardait les yeux grands ouverts sur le ciel mais il ne le voyait plus. La gorge serrée, Kaitlyn poussa un soupir et ne retint pas ses larmes. Autour d'elle, les membres de la Confrérie se pressaient telle une masse d'oiseaux éperdus, à croire qu'ils ne savaient plus que faire maintenant que Timon était mort, et le cristal, en miettes.

La poitrine de Rob se soulevait lourdement. Ses cheveux étaient sombres et collés par la sueur, ses yeux, lourds de chagrin. Un guérisseur qui venait de perdre la bataille.

Kaitlyn se précipita vers lui, contente de pouvoir au moins remédier à ce problème. Elle lui passa un bras autour du cou, sentit un bourdonnement sur la toile et vit Lewis et Anna s'agenouiller près d'elle et passer les bras autour d'elle et de Rob ; ils se soutinrent les uns les autres comme dans le blizzard, car ils n'avaient rien d'autre au monde.

— Allons, allons ! cria LeShan. Timon est parti, mais nous sommes toujours vivants. Nous allons devoir penser à nous et nous n'avons pas le temps de traîner.

— Nous allons évidemment devoir partir, dit LeShan.

Il semblait avoir pris les choses en main, alors que Mereniang pleurait. Kaitlyn en fut contente : certes LeShan pouvait se montrer agressif et colérique, mais il leur ressemblait plus que les autres membres de la Confrérie.

Ils s'étaient rassemblés dans la grande salle de la maison blanche. Autour d'eux, les gens s'affairaient, allaient et venaient avec des bagages.

— Vous pensez que M. Zetes va attaquer, dit Rob.

Ce n'était pas une question.

— Oui. Ce n'était que le début. Il a anéanti nos défenses, parce qu'il ne pouvait sans doute pas faire davantage. Mais la prochaine fois, il tuera.

Une femme de haute taille arriva sur le seuil :

— LeShan, les enfants viennent avec nous ? Je suis en train d'organiser les transports.

Celui-ci interrogea le groupe du regard.

— Alors ? demanda-t-il.

Comme personne ne répondait, ce fut Rob qui finit par prendre la parole :

— Timon estimait qu'on devait retourner chez M. Zetes et utiliser l'éclat de votre cristal pour détruire le sien.

— C'est le seul moyen d'y parvenir, convint LeShan. Mais ça ne veut pas dire que vous soyez obligés de le faire.

— Timon est mort pour que nous puissions avoir un éclat, dit Anna l'air plus grave que jamais.

— Je ne comprends toujours pas, explosa Kait. Pourquoi est-ce que tout le monde l'a écouté ? Jusque-là, vous étiez farouchement opposés à vous battre… qu'est-ce qui vous a fait changer d'avis ?

— Je ne suis pas vraiment sûr qu'ils aient tous changé d'avis, rétorqua LeShan. C'était juste par habitude qu'ils ont obéi à Timon. Il ne se considérait pas comme le chef, mais c'était lui qui prenait les décisions.

— Et il a changé d'avis à cause de l'attaque ? demanda Lewis.

— À cause de Sabrina, dit Kaitlyn.

Comme tous l'interrogeaient du regard, elle ajouta :

— Vous n'avez pas vu ?

— Qui est Sabrina ? s'étonna Lewis.

— Sabrina Jessica Gallo. Elle faisait partie des petits hommes gris. Jusque-là, je ne m'en étais pas rendu compte parce que je ne pouvais pas voir son visage.

— Tu es sûre ? interrogea Rob.

— Absolument. Cette fois, je l'ai vue clairement. D'où je conclus que les autres petits hommes gris sont d'anciens étudiants. Ils me paraissaient tous jeunes.

— C'était ce que Timon pensait, marmonna LeShan.

Il faisait la grimace, comme s'il avait un goût désagréable dans la bouche.

— Nous l'avions tous deviné, du moins tous ceux qui touchaient le cristal. Les attaquants étaient des enfants… Aucun n'avait atteint vingt ans. Et ils avaient l'esprit tordu… je n'arrive pas à expliquer.

— Ils étaient fous, renchérit Kaitlyn catégorique. C'est ce que M. Zetes a dit, que le cristal les avait rendus fous. C'est pourquoi je n'aurais jamais cru qu'il se serait servi d'eux pour nous attaquer. Je supposais qu'ils étaient enfermés dans un asile quelque part…

— Peut-être que Monsieur Z. les en a fait sortir, suggéra Lewis.

— En tout cas, grommela LeShan, nous sentions leur souffrance… et leur haine. Nous n'aurions jamais cru qu'il puisse exister une telle haine dans le monde. À vrai dire, nous pensions que tout ce mal était mort avec notre civilisation.

— Et vous ne voulez pas nous dire de quel pays vous venez ? s'enquit Kaitlyn.

Elle avait envie de poser cette question depuis la veille.

LeShan parut ne pas l'entendre.

— Si vous comptez, tous les quatre, reprendre le combat contre cet homme, ce sera dangereux. Je ne vous le cache pas. D'autant que vous ne pourrez pas vraiment compter sur nous. Je dois m'assurer que tous ces gens retrouvent un point de chute… mais une fois que je me serai acquitté de cette tâche, je serai tout à vous.

— Merci, dit sèchement Rob.

— Si je peux vous aider à ce moment-là, il suffira de me le demander.

— C'était le seul endroit où on ne risquait plus rien, disiez-vous ? marmonna Kaitlyn quelque peu nostalgique en regardant autour d'elle.

— Du moins, pas grand-chose, quoique personne ne puisse vous promettre une totale sécurité.

Elle poussa un soupir, jeta un coup d'œil à Rob, à Anna et à Lewis, qui se consultaient les uns les autres.

— *On n'a pas vraiment le choix*, dit Rob.

— *Plus on attendra, plus Monsieur Z. deviendra puissant*, ajouta Anna catégorique.

— *Tant qu'à faire, autant terminer ce qu'on a commencé*, énonça Lewis résigné.

Il semblait s'être fort bien remis de son chagrin. Avec sa faculté de récupération et son optimisme naturels, il en arrivait à souhaiter que tout se passe au mieux pour Lydia… à ce que voyait Kait.

Elle-même avait d'autres raisons de vouloir retourner sur ses pas. Oui, elle voulait empêcher

M. Zetes de nuire davantage, mais il y avait quelque chose d'encore plus important.

— *Gabriel*, dit-elle aux autres.

Ce qui n'alla pas sans susciter diverses réactions, parmi lesquelles colère, effarement, sentiment de trahison. Mais aussi de la sympathie, de la détermination et… de l'amour.

— *Tu as raison*, songea Rob. *S'il se range vraiment du côté de M. Zetes…*

— *J'en ai peur*, répondit-elle. *J'aurais dû m'en douter, cette nuit. Meren a dit que tout cristal qui produit de l'énergie pouvait le nourrir. Et c'est bien le cas de celui de M. Zetes.*

— *Tu crois que c'est pour ça qu'il est parti ?* demanda Anna.

— *Je ne sais pas. Je pense que ce n'est pas la seule raison. Mais je crois qu'il préfère capter l'énergie d'un cristal que celle des gens. Et plus il aura de contact avec le cristal…*

— … pire ce sera, dit Rob à haute voix. Il ressemblera de plus en plus à Sabrina et à ces autres étudiants devenus fous.

— Il faut qu'on arrête ça, dit Lewis.

Rob lui adressa un sourire. Ce n'était qu'une maigre esquisse de ses sourires habituels mais il réchauffa infiniment Kaitlyn.

— Tu as raison, dit-il. Il faut arrêter ça.

— Mes parents pourraient nous aider, suggéra Anna. Je suis sûre qu'ils ne demandent pas mieux.

— Je vais vous trouver un moyen de transport, offrit LeShan.

Il n'en dit pas davantage mais son œil de lynx se posa sur Kaitlyn. Elle avait l'impression qu'il ne pouvait s'empêcher de les admirer.

— Attendez, dit-elle anxieusement, encore une chose. Je voulais vous le demander avant mais je n'en ai pas eu l'occasion. Il y a cette fille, en Californie. M. Zetes l'a plongée dans le coma avec on ne sait quels médicaments. J'ai promis à son frère que nous allions vous demander votre aide…

Elle n'en dit pas davantage. Elle sentait l'inquiétude de Rob pour Marisol, sa contrariété d'avoir oublié… quant à LeShan, il demeurait impassible.

Évidemment, songea-t-elle, *ils n'ont pas les moyens d'intervenir. Ils ne sont pas médecins. J'ai été idiote de poser la question…*

Elle préférait ne pas imaginer la tête du frère de Marisol quand elle lui dirait cela.

LeShan reprit calmement :

— Les cristaux parfaits ont la vertu de guérir la plupart des maladies. Même un éclat devrait pouvoir aider votre amie.

Kaitlyn tressaillit. Elle prenait soudain conscience que c'était elle qui l'avait et, d'un seul coup, l'espoir lui revenait.

LeShan s'en allait déjà, néanmoins il jeta un regard par-dessus son épaule et sourit.

— Voilà, on se retrouve tout seuls, dit Lewis.

Ils attendaient que LeShan leur amène un guide pour les conduire à travers la forêt. Kaitlyn portait à l'épaule son sac de toile, rempli de ses vêtements, tous sales maintenant, et de son matériel de dessin. Elle gardait l'éclat de cristal à la main.

— On ne peut compter que sur nous quatre, acquiesça-t-elle.

— Bien des gens ne peuvent même pas dire ça, fit remarquer Anna.

— Oui, mais toutes ces heures de recherche, tout ce chemin parcouru… reprit Lewis. Pour finalement n'aboutir à rien.

— Ce n'était pas rien, rétorqua vivement Rob. On est plus forts, désormais. On en sait davantage. Et on a enfin une arme.

— Exactement, renchérit Anna. On était en quête de cette maison et on l'a trouvée. On cherchait un moyen d'arrêter Monsieur Z. et on l'a trouvé.

— Ouais, heureusement qu'on ne cherchait pas la fortune parce qu'on ne l'a pas trouvée, souffla Lewis avec un demi-sourire.

Kaitlyn jeta un dernier regard à la maison blanche, désormais vide et déserte. Elle se demandait si elle aurait pu y rester dans d'autres circonstances. Si Gabriel ne les avait pas trahis, si la Confrérie y était demeurée, aurait-elle fini par s'y sentir chez elle ?

— Si on parvient à détruire le cristal, on pourra aussi guérir Gabriel, assura Rob.

Kaitlyn lui jeta un regard tendre. *Non*, se dit-elle, *je ne fais pas partie de la Confrérie. Je fais partie du groupe*, *avec Rob*, *Lewis et Anna*, *et aussi Gabriel. Où qu'ils soient*, *avec eux je suis chez moi*.

— Très bien, dit-elle à Rob. Alors on y va. C'est reparti.

Un rayon de soleil émergea des nuages et vint frapper l'éclat de cristal que Kaitlyn tenait à la main, le faisant briller comme un diamant.

À découvrir dans le tome 3…

Passion

1

Un chien aboyait, troublant le silence de la nuit. Tous les sens en alerte, Gabriel leva un instant la tête avant de reprendre son travail d'effraction.

Bientôt, la serrure céda et la porte s'ouvrit.

Il sourit.

Quatre personnes ne dormaient pas dans cette maison. L'une d'elles était Kaitlyn. La belle Kaitlyn aux cheveux roux. Quel dommage de devoir la détruire ! Mais il était devenu son pire ennemi. Pas question de montrer la moindre faiblesse.

Désormais, il travaillait pour M. Zetes. Et celui-ci voulait se procurer quelque chose, un certain éclat du dernier cristal parfait au monde. Or, il était en la possession de Kaitlyn… Gabriel allait donc le lui prendre. Tout simplement.

Si on lui résistait, il devrait employer la force. Même avec elle. Un court instant, son cœur se serra.

Puis son visage se durcit et il pénétra sans plus hésiter dans la maison.

— Laisse tomber, Kaitlyn.

Celle-ci fixait les yeux gris sombre de Gabriel.

— Comment tu es entré ? demanda-t-elle.

Il eut un sourire mielleux :

— Je suis devenu un as de l'effraction.

— C'est la maison de Marisol ! lança Rob derrière lui. Tu ne peux pas…

— C'est fait, mon pote. Et ne compte pas sur les voisins pour vous aider. J'ai endormi tout le quartier. Alors me voilà et vous devez savoir pourquoi.

Kaitlyn, Rob, Lewis et Anna s'étaient réfugiés dans la famille de Marisol. Celle-ci, ancienne assistante de recherche à l'institut Zetes, en savait un peu trop pour sa sécurité, ce qui lui avait valu de se retrouver dans un coma prolongé. Pourtant, sa famille s'était montrée généreuse envers le petit groupe de Kaitlyn… et voilà qu'il leur attirait davantage d'ennuis.

À minuit passé, tous quatre s'étaient rassemblés dans la chambre que le frère de Marisol avait attribuée aux filles, pour discuter de ce qu'ils allaient faire. Soudain, la porte s'était ouverte sur Gabriel.

Kaitlyn, qui se tenait juste devant le beau bureau d'acajou, à côté du lit de Marisol, lui opposa un visage de marbre et s'efforça de lui barrer tout accès à ses pensées.

Anna et Lewis, assis sur le lit, semblaient tout aussi impénétrables ; quant à l'esprit de Rob, il ne présentait qu'un éclat de lumière dorée. Rien dont Gabriel puisse s'emparer.

Peu importait. Son regard s'était arrêté sur le bureau, derrière Kaitlyn, et il sourit de toutes ses dents.

— Laisse tomber, répéta-t-il. Je le veux et je l'aurai.

— On ne voit pas de quoi tu parles, maugréa Rob en s'approchant de lui.

Sans le regarder, Gabriel rétorqua sèchement :

— D'un éclat du dernier cristal parfait. On peut la jouer cool ou on peut s'énerver, à vous de voir.

— Même si on l'avait, on ne te le donnerait pas, décréta Rob. On s'en servirait pour détruire ton patron... parce que c'est ton patron maintenant, pas vrai ?

Le sourire de Gabriel se figea. Une lueur mauvaise passa dans son regard. Pourtant, sa voix demeurait décontractée :

— Eh oui ! Et je vous conseille de ne pas vous en prendre à lui, ça pourrait vous coûter cher.

Une fulgurante douleur traversa les paupières de Kaitlyn. Ce n'était pas possible, elle ne pouvait en croire ses yeux. Gabriel qui leur faisait face comme un inconnu et qui protégeait M. Zetes ! Celui-là même qui avait voulu faire d'eux des armes psychiques à vendre au plus offrant, celui qui avait tenté de les supprimer lorsqu'ils s'étaient rebellés… Ils avaient espéré trouver refuge dans la maison de Marisol, en quoi ils se trompaient.

— Tu te rends compte de ce que tu dis, Gabriel ? énonça Anna de sa voix grave et claire.

Le visage de la jeune Amérindienne, Anna Eva Whiteraven, d'habitude si serein entre ses tresses noires, s'était assombri.

— Alors tu es de son côté, maintenant ? continua-t-elle. Après tout ce qu'il a fait…

— … et avant tout ce qu'il va faire, ajouta Lewis.

Lewis Chao était en général aussi gai qu'Anna était sereine mais, pour le moment, ses yeux en amande n'offraient qu'une morne expression.

— C'est un sale type, Gabriel, tu le sais bien, dit Rob en se rapprochant encore.

Rob Kessler n'était pas non plus du genre agressif mais, en ce moment, avec ses cheveux blonds en bataille et ses yeux dorés, il avait plutôt l'air d'un ange exterminateur.

— Tu sais bien qu'il finira par se retourner contre toi, ajouta Kaitlyn.

Kaitlyn Fairchild n'était ni aussi gentille qu'Anna ou Lewis, ni aussi vertueuse que Rob ; elle avait un caractère flamboyant comme sa chevelure et des yeux que nombre de gens attribuaient aux sorcières, bleu ardoise, à l'iris et à la prunelle cerclés de marine. Pour le moment, elle fixait Gabriel sans ciller.

Pour toute réponse, Gabriel Wolfe éclata de rire.

Comme chaque fois, Kaitlyn fut prise de court. Ce garçon était tellement beau qu'il en devenait effrayant. Sa peau blême ne faisait que souligner le noir de ses cheveux soyeux comme la fourrure d'un animal, en l'occurrence le loup, dont il portait le nom. Prédateur lui-même, il n'aimait rien tant que jouer avec ses proies.

— *Oh oui, c'est un sale type !*

Kaitlyn entendit ces mots dans sa tête plutôt qu'avec ses oreilles, et le ton en était carrément amusé.

— *Moi aussi je suis très méchant… vous n'aviez pas remarqué ?*

De petites pointes douloureuses piquèrent les tempes de Kaitlyn. Elle s'efforça de ne pas réagir mais perçut l'inquiétude d'Anna, de même que celles de Lewis et de Rob.

Gabriel avait pris des forces.

Elle le sentait à travers la toile psychique qui les connectait tous les cinq, la toile créée par Gabriel et qui devait les unir jusqu'à la mort de l'un d'entre eux. Ils étaient tous parapsychos : Rob guérissait, Kaitlyn voyait l'avenir, Lewis exerçait la psychokinésie, Anna parlait aux animaux... et Gabriel était télépathe. Il fusionnait les esprits. C'était ce qu'il avait fait avec les leurs, à tous les cinq, sans vraiment le vouloir ; maintenant, ils étaient comme les branches d'une étoile de mer, séparés tout en ne faisant qu'un.

Gabriel avait toujours possédé le pouvoir le plus puissant, mais il frappait maintenant Kaitlyn par sa force. Certes, sa voix mentale avait pu paraître amusée, mais elle agissait comme un tisonnier brûlant qui attisait ces paroles dans son cerveau. À l'opposé, les pensées de Lewis semblaient faibles et distantes :

— *J'ai peur.*

Kaitlyn lui jeta un bref regard et comprit qu'il n'avait pas cherché à communiquer. C'était l'ennui, avec la télépathie : parfois elle les liait trop l'un à l'autre, jetant leurs pensées les plus secrètes sur la toile, les déshabillant littéralement aux yeux mentaux des autres.

— C'est donc pour ça que tu es parti ? dit-elle à Gabriel. Tu n'en pouvais plus de cette proximité. Fini les petits secrets...

— Non.

— On en est tous là, intervint Anna. On aimerait bien être parfois tranquilles, nous aussi. Mais on est tes amis…

— Pas besoin d'amis, lâcha-t-il avec un sourire carnassier.

— Tant pis, tu en as quand même, mon pote ! rétorqua Rob.

Il s'était encore approché, au point de pouvoir lui poser une main sur l'épaule. D'un geste qui semblait tout naturel, il parvint à le faire pivoter.

Kaitlyn perçut l'indignation de Gabriel sur la toile, mais Rob n'y fit pas attention, trop occupé à parler d'un ton soudain solennel. Toute colère, toute méfiance, toute rivalité mises de côté, il ravalait sa fierté pour être dans une posture vulnérable face à Gabriel.

— On est plus que des amis, expliquait-il. On fait partie les uns des autres. C'est toi qui l'as voulu en créant ce lien pour nous sauver, et maintenant tu annonces que tu travailles pour l'ennemi ? Je ne te crois pas.

— Parce que tu n'es qu'un nase idéaliste, gronda Gabriel sans chercher à se dégager. Crois-moi, le plouc, parce que si tu t'opposes à moi, tu risques de le regretter.

Avec cet air buté que Kaitlyn lui connaissait bien, Rob secoua la tête :

— Arrête ton cinéma ! Tu joues les pourris, alors que tu n'es pas du tout comme ça. Tu es l'un des mecs les plus intelligents que je connaisse. Tu as d'autres moyens de t'en sortir…

— Je ne…

— Tu fais comme si personne ne comptait pour toi, seulement c'est faux. Tu nous as sauvés du cristal quand Joyce et Monsieur Z. voulaient s'en servir pour nous tuer, et aussi quand ils nous ont piégés à l'Institut. Tu as aidé Kaitlyn à nous protéger de l'attaque psychique dans le van.

Alors Rob fit quelque chose d'inattendu : il secoua Gabriel. De nouveau, une onde d'indignation parcourut la toile ; pourtant, sans lui laisser le temps de protester, Rob insistait avec ardeur :

— Je ne sais pas ce que tu veux prouver, mais ça ne sert à rien. Tu tiens à nous, et c'est comme ça, alors admets-le et arrête ton délire !

Le souffle court, Kaitlyn n'osait plus remuer un cil. Rob était en train de marcher sur un fil au-dessus d'une mer de rasoirs et de couteaux. Il était fou… mais ça fonctionnait.

D'un seul coup, Gabriel s'était détendu, abandonnant sa posture de prédateur ; sa présence sur la toile se réchauffait. À la lueur brûlante des yeux ambrés de Rob, l'iceberg Gabriel commençait à fondre.

— On tient tous à toi, ajouta Rob sans fléchir. Et ta place est ici. Reviens-nous, aide-nous à éliminer Monsieur Z., d'accord ? D'accord, Gabriel ?

Ce fut là qu'il commit une erreur.

Tant qu'il lui avait parlé avec véhémence, lui lançant ses paroles à la figure, Gabriel l'avait écouté, comme hypnotisé. Mais voilà qu'il s'en remettait à la communication mentale directe. Kaitlyn savait bien pourquoi il faisait ça. Rien de plus impérieux ni de plus intime que la télépathie. Trop intime. Elle voulut l'en avertir, mais son appel ne fut pas assez rapide.

— *Reviens !* répétait Rob. *Reviens-nous... d'accord ?*

La fureur montait en Gabriel tel un tsunami.

— *Rob*, songea-t-elle. *Rob, arrête !*

— *Lâche-moi !*

Le cri mental frappa Rob comme une gifle, le faisant tomber à la renverse, soudain anéanti. Kaitlyn perçut son spasme de terreur. Elle voulut courir vers lui mais ses jambes refusaient de la porter. Anna et Lewis restaient tout aussi pétrifiés.

— *Je n'ai pas besoin de vous*, clamait Gabriel avec une force assourdissante. *Vous avez tout faux. Je ne fais pas partie de vous. Vous ne pouvez même pas imaginer ce que je suis devenu.*

— Moi… je peux… balbutia Kaitlyn.

Elle n'avait qu'à se rappeler ce que le cristal de M. Zetes avait fait de Gabriel : un vampire psychique qui se nourrissait de l'énergie des autres. Elle sentait encore ses dents virtuelles lui mordre la base du cou.

Ce souvenir ne provoquait aucune révulsion en elle et, si elle voulait aider Rob, elle n'abandonnerait pas Gabriel pour autant.

— Tu n'y es pour rien, lui dit-elle. Tu te crois malfaisant à cause de ce que tu peux faire avec ton esprit, à cause de ce que le cristal t'a fait. Mais tu n'as rien demandé.

— C'est là que tu te trompes, rétorqua-t-il en la toisant d'un regard plus glaçant que jamais. Voilà longtemps que je sais qui je suis. Le cristal n'a fait qu'augmenter mes capacités et m'a permis de m'accepter.

Comme son sourire devenait carrément féroce, Kaitlyn dut réprimer un réflexe de fuite.

— Quand on a le mal dans ses gènes, ajouta-t-il, autant en profiter et rejoindre ses semblables.

— Autrement dit M. Zetes, murmura Anna, l'air dégoûté.

— Il a de formidables projets et considère que les parapsychos comme moi ont leur place dans ce monde… au sommet. Je suis supérieur aux autres mortels, plus doué, plus fort, meilleur. Je suis un prince. Et ce n'est pas vous qui m'arrêterez.

— Je n'y crois pas ! souffla Kaitlyn. Ne me dis pas que tu…

— Je te le dis. Et si tu m'empêches de récupérer cet éclat, je te montrerai de quoi je suis capable.

De nouveau, il avait les yeux fixés sur le bureau. Elle se redressa. Rob gisait toujours à terre, Lewis et Anna demeuraient paralysés. Il ne restait plus qu'elle pour l'arrêter.

— Tu ne l'auras pas, affirma-t-elle.

— Barre-toi de mon chemin.

— Je te dis que tu n'auras rien.

Sa propre voix la surprenait par sa fermeté.

Il se rapprocha tant qu'elle ne vit bientôt plus que son beau visage blême.

— *Ne m'oblige pas à faire ça, Kaitlyn. Je ne suis plus ton ami. Je suis ton chasseur. Rentre chez toi et lâche M. Zetes. Il te fichera la paix.*

Elle scruta les prunelles grises.

— *Si tu veux l'éclat, tu devras me le prendre de force.*

— Comme tu voudras.

Ses iris scintillaient comme les fils de la toile d'araignée qu'il avait tissée pour lier le groupe. Soudain le monde explosa de douleur.

2

— Kaitlyn !

L'appel lointain de Rob parvint étouffé à Kaitlyn. Elle sentit Rob qui tentait de se relever et, comme il n'y parvenait pas, se mettait à ramper. Mais elle avait tellement mal à la tête qu'elle ne réagit pas.

Anna et Lewis s'approchèrent et elle les entendit crier :

— Lâche-la !

— Qu'est-ce que tu lui fais ?

Gabriel les envoya promener et la douleur augmenta, incandescente comme une flamme. Kaitlyn gardait un seul souvenir aussi atroce : la connexion au cristal impur, celui dont M. Zetes se servait pour augmenter les pouvoirs psychiques… et pour torturer.

Des vagues de souffrances venaient lui fouiller le cerveau et il lui fallait toute la force de ses muscles pour rester debout. Si elle se taisait, ce n'était pas par héroïsme mais parce qu'elle manquait d'air.

— *Arrête, ordure ! Arrête !*

Rob avait fini par l'atteindre et, dès qu'il eut posé les mains sur elle, Kait se sentit emplie d'un flot d'énergie dorée, apaisant. Il la protégeait à l'aide de son pouvoir.

— Lâche-la ! reprit-il d'une voix cassée.

Là-dessus, il l'arracha à Gabriel, la porta sur le lit.

Gabriel contemplait la place qu'elle venait de libérer devant le bureau d'acajou.

— C'est tout ce que je voulais, murmura-t-il.

Il ouvrit le tiroir du milieu pour en sortir l'éclat de cristal.

Kaitlyn n'arrivait plus à respirer. Rob lui posa une main sur le cou et elle sentit sa colère vibrante, la fureur scandalisée de Lewis et d'Anna… Pourtant, elle-même n'en voulait pas à Gabriel. Il y avait eu cette lueur dans son regard juste avant qu'il ne la frappe… comme s'il avait dû se forcer à agir ainsi, étouffer ses propres émotions.

Il se tourna vers ses anciens amis ; l'éclat scintillant dans sa main aurait pu orner le front d'une petite licorne et, avec ses multiples facettes, brillait plus comme un diamant que comme du cristal.

— Ça ne t'appartient pas, dit Anna d'un ton grave. La Confrérie l'a donné à Kaitlyn.

— La Confrérie ! ricana Gabriel. Ces bonnes âmes sans tripes ! Si j'avais vécu à leur époque, j'aurais rejoint la loge Noire pour les chasser du pays.

Cette évocation rappela quelques visages à l'esprit embrumé de Kaitlyn : Timon, le sage fragile, Mereniang, la froide, l'avisée, LeShan, l'impatient aux yeux de lynx. Les derniers survivants d'une race ancienne, celle qui avait appris l'usage du cristal. Ils ne s'étaient pas mêlés des affaires des hommes, sauf en ce qui concernait le groupe de Kaitlyn, abandonnant leur propre source d'énergie pour leur offrir une arme contre M. Zetes.

— Et maintenant, Monsieur Z. forme sa propre loge, dit-elle.

— On peut dire ça, répondit Gabriel. Une force de frappe psychique. Dont je serai le chef.

Il s'amusait avec le cristal et finit par se couper tant les facettes en étaient aiguisées. Voyant une gouttelette de son propre sang, il grimaça mais n'accorda pas pour autant un regard à ses interlocuteurs.

— De toute façon, commenta-t-il, ce bel objet ne vous aurait servi à rien. Vous vouliez anéantir le cristal, c'est ça ? Les heurter l'un contre l'autre pour provoquer une onde qui les ferait tous les deux éclater ?

Kaitlyn ignorait la manipulation à laquelle il faisait allusion. LeShan leur avait dit que cet éclat détruirait le cristal de M. Zetes, sans plus de précisions. Elle suivit des yeux la goutte de sang de Gabriel tombant sur le parquet.

— Sauf que pour y arriver il faudrait d'abord atteindre le cristal, continua Gabriel. Et ça, ce n'est pas possible, parce qu'il est enfermé derrière une serrure à combinaison… La psychokinésie n'y pourra rien du tout, n'est-ce pas, Lewis ? Huit chiffres à deviner ?

Il paraissait presque s'en réjouir. Et, bien sûr, il avait raison. Lewis rougit légèrement mais détourna la conversation :

— Lydia est toujours avec toi ?

— Ta petite chérie ? ricana Gabriel. Oublie. Elle est retombée sous la coupe de son père. En plus, elle ne t'a jamais aimé.

Dommage, songea Kaitlyn. Lydia Zetes était une espionne, une traîtresse, pourtant nul ne pouvait lui souhaiter de vivre avec un tel père.

— Vous feriez mieux de tous rentrer chez vous. Vous n'atteindrez jamais le cristal. La police ne vous croirait pas, le patron s'en est occupé, même des flics alertés par les parents d'Anna. Quant à la Confrérie, il faudrait déjà qu'ils survivent. Vous n'avez aucune raison de rester ici. Alors rentrez, pas la peine de perdre davantage votre temps.

Rob n'avait encore rien dit, trop furieux pour trouver les paroles adéquates. À présent, il pouvait les articuler sans peine, écumant de rage et d'indignation :

— Traître ! Si tu ne reviens pas parmi nous, on se liguera contre toi.

Il avait parlé d'une voix calme ; néanmoins elle tremblait, non pas de colère, jugea Kaitlyn, mais de chagrin. Il n'aurait jamais cru Gabriel capable de s'en prendre à elle, pourtant celui-ci ne s'était pas gêné, et Rob se sentait personnellement atteint ; la rivalité des deux garçons risquait de se réveiller, plus violente que jamais.

— Tu sais, reprit-il, je crois que Kaitlyn a tort, ce n'est pas la toile que tu ne supportes pas, ni cette intimité qui nous lie. C'est la liberté. Tu es incapable de choisir seul ce que tu veux, de te sentir responsable de toi-même. Tu préfères rester l'esclave du cristal que de profiter de ta liberté.

Le regard sombre, Gabriel abaissa la main qui tenait l'éclat. Kaitlyn saisit le bras de Rob, mais il parut ne pas s'en rendre compte.

— J'ai raison, c'est ça ? ajouta-t-il avec un petit rire mauvais qui ne lui ressemblait pas. C'est Monsieur Z. qui te dit ce que tu dois faire… et ça te va. Tu en as pris l'habitude, après ces années en maison de correction. On dirait que ça te manque…

Livide, Gabriel le frappa.

Pas mentalement, cette fois, il était trop en colère. Il lui balança un coup de poing dans les dents. Rob tomba en arrière.

Avec les mouvements fluides d'un prédateur, Gabriel sauta sur lui mais Kaitlyn s'était interposée.

— Non !

Sans trop savoir comment, elle avait en même temps attrapé le cristal. Trop absorbé par sa colère, Gabriel lâcha prise. D'autant que Lewis et Anna venaient de se jeter sur lui. Kaitlyn parvint à se dégager de cette lutte générale, l'éclat serré contre sa poitrine.

Rob se relevait en essuyant du dos de la main sa bouche ensanglantée, l'air pourtant triomphant d'avoir mis Gabriel hors de lui. Kaitlyn comprit qu'il ne réfléchissait plus, il se contentait de ressentir. Fou d'avoir été trahi et frappé, plus rien ne pouvait le retenir.

On a tellement changé ! pensa-t-elle, éperdue. *On a tous changé au contact les uns des autres. Rob si droit et maintenant déchaîné... comme n'importe quel être humain. Il a tort et c'est à moi de l'arrêter. Avant que ces deux-là ne finissent par s'entretuer.*

— Allez, disait Rob. T'as pas les tripes de m'affronter ! Pas de tour de passe-passe, juste les poings, ça te dit ou tu te dégonfles ?

Malgré les efforts de Lewis et d'Anna pour le retenir, Gabriel ôta sa veste, révélant un couteau attaché à son bras par une espèce de mécanisme à ressort.

Génial ! se dit Kaitlyn. Elle tenait ferme l'éclat en se demandant où le cacher. Gabriel la suivrait où qu'elle aille et finirait bien, en fouillant son esprit, par trouver où elle le gardait. Et puis, elle ne pouvait s'en aller en laissant Rob et Gabriel se battre. Alors elle décida de jouer un jeu risqué.

— Tiens, Gabriel, le voilà, ton éclat ! C'est moi qui l'ai et tu sais comment le récupérer. *Mais j'espère que tu ne le feras pas*, ajouta-t-elle mentalement. *Tu as dit toi-même qu'il ne nous servirait à rien, qu'on ne pouvait pas anéantir le cristal de Monsieur Z. Alors qu'est-ce que ça changerait ? Tu n'as qu'à retourner lui dire que tu ne l'as pas trouvé.*

Elle lui montrait un moyen de s'en sortir sans leur faire de mal… et Gabriel marqua une hésitation, les lèvres serrées, le regard dur, l'expression pourtant incertaine. Brusquement, il se tourna vers elle. L'esprit de Kaitlyn se figea. Derrière elle, la porte s'ouvrit.

— Hé, vous n'êtes pas encore couchés ?

C'était la voix endormie de Tony, le frère de Marisol. Vêtu d'un jean coupé en guise de pyjama, il plissait les paupières. Visiblement, ce qu'avait employé Gabriel pour endormir la famille Diaz ne fonctionnait plus.

— C'est qui, ça ? demanda-t-il avant de reconnaître Gabriel. Ah ! C'est toi ? Je me souviens. Tu reviens chercher le *brujo*, c'est ça ?

Il semble plus content de voir Gabriel que nous autres, se dit Kaitlyn. Peut-être parce qu'il s'identifiait à lui… un vrai dur, lui aussi. À moins qu'il ne l'estimât plus capable que les autres de vaincre M. Zetes. Tony détestait celui-ci, le traitait de diable et ne rêvait que de l'envoyer *abajo*, en enfer…

Les cinq demeurèrent un instant paralysés par la présence de cet intrus qui ne cessait de parler sans paraître sentir la tension dans l'atmosphère, ni remarquer le sang sur le menton de Rob.

— J'ai vu que tu avais pris la baguette magique de Marisol. Je n'y croyais pas quand ils m'ont dit ça. Une vraie amulette… Même si les médecins disent qu'elle ne se réveillera pas… on va voir ce qu'on va voir.

Son sourire était presque heureux. Pour un peu, il aurait donné une tape dans le dos de Gabriel.

Kaitlyn s'aperçut que ce dernier ignorait que l'éclat pouvait guérir Marisol. Elle aurait dû le lui dire mais estimait que ça ne regardait pas M. Zetes. Il serait capable de vouloir l'utiliser contre eux.

En attendant, Gabriel semblait déstabilisé par la gratitude et l'entrain de Tony. Embarrassé.

— Il nous a bien aidés à récupérer l'éclat, indiqua-t-elle.

À vrai dire, si Gabriel n'était pas passé à l'ennemi, le cristal de la Confrérie n'aurait pas été réduit en morceaux.

— Et il ne demande qu'à voir Marisol guérir.

Rob s'essuyait la bouche dans son coin. Il avait reculé à l'entrée de Tony et, à travers la toile, Kaitlyn le sentait se calmer.

— On donnera une grande fête quand tout ça sera fini, reprit le frère de Marisol. Une super bouffe. J'ai des amis qui ont un groupe… Dès que Marisol ira mieux…

Il passa une main dans ses cheveux acajou.

Le cristal toujours serré contre sa poitrine, Kaitlyn fixait Gabriel. Il soutint un instant son regard sans rien laisser paraître. Elle n'y avait pas encore fait attention ce soir, mais elle regarda la cicatrice sur son front, celle que lui avait laissée le contact avec le cristal de M. Zetes. Elle semblait mieux se détacher sur sa peau blême.

Il parut soudain se lasser et haussa les épaules en détournant les yeux.

— Il faut que j'y aille, dit-il.

— Tu peux rester, proposa Tony. Il y a toute la place.

— Non, je ne peux pas. Mais je vais revenir. Bientôt…

Rob et Kaitlyn comprirent instantanément le sous-entendu. Gabriel reprit sa veste et sortit. Kaitlyn s'aperçut alors qu'elle serrait l'éclat à s'en faire mal.

— Alors, dit Tony en bâillant, vous n'avez pas sommeil ? J'ai mis des sacs de couchage par terre.

— Laisse-nous une minute, dit Rob. Il faut encore qu'on discute d'un truc.

Tony s'en alla sans insister et ce fut Rob qui ferma la porte derrière lui, avant de se tourner vers les autres. *Il n'est pas aussi calme que je croyais*, se dit Kaitlyn. Elle lui trouva la mâchoire serrée, le teint pâle malgré son bronzage.

— Bon, dit-il. Qu'est-ce qu'on fait ?

— En tout cas, il est parti, observa Kaitlyn. Sans le cristal.

Rob lui jeta un regard acéré.

— Tu prends sa défense, maintenant ?

— Non. Mais…

— Bon. Parce que ça ne change rien. Il reviendra, il l'a dit lui-même.

Anna ouvrit la bouche, la referma en soupirant, se passa une main sur le front. Sa sérénité habituelle semblait en miettes, pourtant elle s'évertuait à la retrouver.

— Rob a raison, Kaitlyn. Gabriel l'a promis et il s'y tiendra.

Celle-ci baissa les bras en contemplant l'éclat rosi par le sang de Gabriel.

— Alors, qu'est-ce qu'on fait ? demanda-t-elle.

— J'aimerais bien le savoir, dit Lewis. Qu'est-ce qu'on peut faire contre lui ? Il sait où on est…

— Pour commencer, on doit s'en aller, c'est clair ! conclut Rob. Ensuite, il faut bien se mettre dans le crâne que, désormais, Gabriel est notre ennemi. Un ennemi, ça se combat, à tout prix, et c'est ce qu'on fera à partir d'aujourd'hui.

Kaitlyn en eut froid dans le dos.

— Alors comme ça, on va devoir l'arrêter, grommela Lewis.

— Pas seulement. Si on doit le pourchasser, on le fera aussi. Détruire M. Zetes nécessitera peut-être de détruire Gabriel. Il faut ce qu'il faut. On ne peut pas reculer. On n'a pas le choix.

Lewis en parut encore plus déconfit mais hocha lentement la tête. Émue, Kaitlyn se tourna vers Anna.

— Je comprends, dit celle-ci paisiblement. Mais j'espère qu'il reviendra à la raison et que ce ne sera pas nécessaire... En attendant, c'est bien notre ennemi et on doit le traiter comme tel.

Ses yeux sombres exprimaient tristesse et gravité. Certes, Anna était d'une nature paisible, mais elle possédait un pragmatisme digne de Dame Nature. Parfois, il fallait faire des choix difficiles et même des sacrifices.

Ils étaient tous trois d'accord, tous unis contre Gabriel, et interrogeaient Kaitlyn du regard.

Elle sut alors ce qu'il lui restait à faire.

Cela jaillit en elle comme un flash, presque aussi clair qu'un de ses dessins. Un plan dément, complètement fou... mais elle devait agir. Elle ne pouvait laisser Rob détruire Gabriel... pour le bien de l'un comme de l'autre. Car, s'il y parvenait, à son tour Rob serait métamorphosé à jamais.

D'abord et avant tout, ne laisser personne se douter de ce qu'elle comptait faire.

Elle se composa donc une expression amène et masqua autant que possible son idée, ce qui n'avait rien de facile face à ses compagnons, mais elle avait eu l'occasion de s'entraîner, ces derniers temps. L'air aussi résigné que possible, elle finit par répondre :

— Je suis d'accord, moi aussi.

Pourvu qu'ils ne se doutent de rien... Cela dit, ils n'avaient aucune raison de ne pas croire en sa sincérité.

— Espérons que tout se passera bien, conclut alors Rob. Maintenant, on ferait mieux d'aller dormir un peu. Demain, on se lève tôt et on déménage.

Autrement dit, il me reste très peu de temps, en conclut Kaitlyn ; elle s'empressa de dissimuler également cette pensée.

— Bonne idée ! répondit-elle en rangeant l'éclat de cristal dans le tiroir.

Lewis leur souhaita bonne nuit et partit en se mordillant le pouce, l'air sceptique. *Au sujet de Gabriel ?* se demanda Kaitlyn. *Ou de Lydia ?* Anna entra dans la salle de bains, laissant Kaitlyn et Rob seuls dans la chambre.

— Je suis désolé, commença-t-il. Surtout qu'il s'en soit pris à toi. C'est... inadmissible.

— Ce n'est pas grave.

Elle avait froid et ne rêvait que de se réchauffer dans ses bras, surtout quand elle se disait qu'il n'y aurait sans doute pas d'avenir pour eux... Mais cela, il ne pouvait le savoir. Elle s'approcha de lui et il l'étreignit.

Leur premier baiser fut effréné. Puis Rob se détendit et sa tranquillité gagna Kaitlyn. Quel bonheur que ces frissons tièdes, que ce regard doré !

Elle avait de plus en plus de mal à lui celer ses pensées. Pourtant, il le fallait ; il ne devait pas se douter qu'ils allaient bientôt vivre leur première séparation depuis qu'ils se connaissaient. Blottie contre lui, elle se concentra sur l'amour qu'elle éprouvait pour lui, sur son besoin d'imprimer cette silhouette dans sa mémoire.

— Kait, ça va ? murmura-t-il.

Il lui prit le visage entre les mains, cherchant son regard.

— Oui. Je… je veux juste rester près de toi.

Tu m'as transformée, pensa-t-elle. *Pas seulement en me prouvant que tous les garçons ne sont pas des nases. Tu m'as rendue différente, tu m'as permis de voir la vie sous un autre angle. Oh, Rob, je t'aime !*

— Je t'aime, Kait, répondit-il dans un murmure.

Ce qui prouvait qu'elle devait immédiatement tout arrêter. Elle perdait le contrôle et il se remettait à lire dans ses pensées. À contrecœur, elle se détacha de lui.

— Tu l'as dit toi-même, souffla-t-elle, il faut dormir maintenant.

Il hésita, fit la grimace puis acquiesça de la tête.

— À demain.

— Dors bien, Rob.

Tu es si gentil ! se dit-elle encore alors qu'il fermait la porte. *Tu cherches toujours à me protéger. Jamais tu ne me laisserais faire ça…*

Il y avait une carte d'Oakland sur le bureau ; ils l'avaient achetée pour retrouver la route de la maison de Marisol. Elle la fourra dans son sac de toile, avec des vêtements de rechange achetés avec l'argent que leur avait donné la Confrérie et son matériel de dessin ; elle devrait pouvoir laisser son sac dans la salle de bains et porter une chemise par-dessus ses habits…

— Tu cherches quelque chose ? lança la voix d'Anna derrière elle.

Prise d'un sentiment de culpabilité, Kaitlyn se figea.